第十八回「伊豆文学賞」優秀作品集

目次

小説・随筆・紀行文部門

最優秀賞　（小説）

まつりのあと

鈴木《すずき》　清美《きよみ》

大学病院のだだっ広い待合いで、父の診察の順番を待っていた。第三金曜日、月一回の受診日。今日は、四つの科を回らなければならない。父同様、付き添いのわたしも、四つめの科の待合いに到着したときにはへとへとになっていた。

昨日から、父は、月一回の外出ということではしゃいでいるようだった。

わたしが、夕飯を終え洗い物をしていると、携帯電話が鳴った。父だ。急な事態に、すぐに父からの電話だとわかるように着信音を変えてある。

「もしもし、オヤジ。あんなあ、母さんがなあ、腰が痛くて、明日の病院の付き添いはできないって言うとる。だでなあ、お前、頼むなあ」

と話し始める。

そして、こちらの返事も聞かずに続ける。

「明日の昼飯は、病院の食堂で定食を食いたいなあ。いまだったら、太刀魚が旬だで。去年は、太刀魚のフライを食ったがなあ、なかなか旨かったぞ。浜名湖の鱚もいいなあ。食堂に入っとるかなあ」

父の頭のなかは、診察半分昼飯半分なのであった。

無理だよね、定食なんて、そんなに食欲ないよね、と思いつつ、それは言葉にはしない。

「太刀魚も鱚も、天ぷらかフライかな。おいしそうだね」

わたしは話を合わせる。

すると、父は、それには答えず、そこにさらに、

「あ、そうだそうだ。ついでに、床屋にもよらにゃあならんかった。頭もひげもみっともなくなっとるで。お前、時間は大丈夫か」

と加える。

時間は大丈夫かと言うけれど、わたしが断るとは思っていない。それに、わたし自身、断る「正当な」理由がない。仕事もないし自分の家族もいないから、こういうとき本当に困る。しんどい。

わたしは、両親と離れて、父が祖父から受け継いだ浜松の街中の家で暮らしている。空き家にしておくのも心配だということで、「派遣」されたのだ。

一人娘。家守兼墓守候補、時々介護あり。

しかし、歳をとっても毛は伸びるものだなあと思う。頭の毛もひげも白く、いつの間にかぼうぼうと伸びている。食欲がなくて、ほとんどビールしか口にしていないというのに。一か月でよくここまで、と思う。

「ああ、そうだねえ。ほんと、この前そっちに行ったときも、毛が伸びてたもんね。床屋に寄らんといかんね」

父は十五年前に脳こうそくを患い右半身に麻痺が残った。それから、胃がんと大腸がん、糖尿病と腎臓病、おまけに、去年は右足の大腿骨を骨折した。

父はもう何回も救急車で運ばれている。そして、血液検査、心電図、レントゲン、ときには、CT

まで、いろいろな検査を受ける。一通りの検査が終わると、医師は、母とわたしに、父の命の危険を告げ、もしものときに透析をするかどうか、延命行為を望むかどうかを話し合っておくようにと言うのだった。

そのたびに、わたしたちは、覚悟しなくてはと思うのだ。

けれど、救急処置室の片隅で医師の説明を神妙な面持ちで聴いていると、遠くのベッドから父の笑い声が聞こえてくる。

「看護師さん、あんたはベテランかね。点滴の針、刺すのがうまいのお。この前の人は下手だったに。なかなか入らんかったもんで、『こらっ、あんたじゃダメだ、医師にやってもらいたいで、つれてきてや』って言ってやったに」

と大声でしゃべっている。

「うわ、ほめてもらってうれしいやあ。でも、太一さんの血管は細いもんで、難しいだに。上級者編だでねえ」

などと聞こえてくるのだ。

今日の看護師さんが美人だからお調子者になってるに違いないね、とあきれながら、母と顔を見合わせてほっとする。

けれど、こちらは、医師からの言葉とのギャップを処理しきれない。笑いの向こうに、父は死を感じ、でも、まだ距離を保っていたいような心持ちを同居させているのだろうと、わたしは想像する。

そして、父の様子から、わたしたちは、結局、医師の言葉も俄には受け入れられず、覚悟もできず、湖の底に幾重にも重なり合う澱のように、心の隅に暗いものをためていく。

わたしたち家族は、そんな状態を幾度となく繰り返してきたのだった。

しかし、父はここ何か月かですっかり食欲が落ちて、骨と皮になった。体重もわたしより少なくなった。測らなくても見ていればわかる。

「大丈夫じゃ。ビールでカロリーはちゃんととっておる」

そう言って父は笑うけれど、いままでと違って余裕がないのが感じられる。

ちょっと、見ているのがつらくなる。ただ、座っている。ただ、眠っている。それさえも、痛そうで寒そうで脆そうで、触れることも怖くなるのだった。

床屋を済ませ、会計の順番を待つために、わたしはどかっと椅子に腰かけた。時計を見ると午後三時に近かった。

会計待ちのための長椅子は、結構狭い間隔で置かれている。二番目より後ろの長椅子に座ると、車椅子を置くことができない。運よく、長椅子の隅が空いていれば、そこに座って車椅子を横につけることができる。けれど、今日は長椅子の隅は空いていなかった。

仕方なく、わたしは一番前に並べられた長椅子に座り、父が座っている車椅子を自分の前に置いていた。

痩せたとはいえ、男性の車椅子を押しての移動は応える。それに、車椅子の幅や奥行を意識しての移動はとても神経をすり減らすものだ。

わたしは、少し、めまいのような感覚におそわれた。回転性のものではなく、ふわっとするもの。ちょっと休まないと、自分の時間も作らないと、と思う。

でも、その思いが余計に自分を追い詰めてしまうことも知っている。そして、それが、父に対するチクリとした感情をもたらしていることもわかっているのだった。

そのとき、

「会計番号、七六五番でお待ちの、鈴木直美さん、八番窓口へお越しください」

というアナウンスの声が耳に入った。

八番窓口のほうへ目を向けると、わたしと同じくらいの年格好の女性が歩いていく。女性の左手が小さな女の子の手とつながれている。男性が女性の後を追うように歩く。男性は、生後間もない赤ちゃんをだっこしている。

鈴木直美。とても懐かしい。けれど、その名前の主を思い出すのには、薄いベールで被われた頭のなかのアルバムを慎重にめくっていかなければならなかった。

鈴木直美……すずきなおみ……。

遠い遠いところから、提灯の灯や、御殿屋台のきらびやかな装飾や、練に参加する若衆の威勢の良いかけ声やラッパの音などが、静かに、浮き上がってきた。

わたしは、その名前の主と過ごした、浜松まつりの夜のことを思い出した。

しかし、鈴木などという名字には、まったくもって識別力がない。浜松は、石を投げれば「鈴木」に当たるという土地だ。それに、直美という名も珍しくはない。そもそも彼女が結婚していればおそらく姓は変わっているだろう。それに、いま、彼女が浜松に住んでいるという確証は、どこにもないのだ。

いまここで呼ばれている人物と、わたしの記憶のなかの「鈴木直美」とは、きっと同じではないだろう。しかし、わたしの意識のなかに、いまから二十七年前、昭和という時代が間もなく終わろうとしていた頃の空気が、すっと忍び込んできていた。

そして、わたしは、あの中学三年生の浜松まつりの、黒くかなしい熱に、再び吸い込まれようとしていた。

わたしと直美は、小学校の同級生だった。彼女は、山猿みたいなわたしと違って、小学生のときから凛として美しい少女だった。その美しさは、自分の考えを持ち、それに従って行動していくような、強く張りつめた美しさだった。

わたしたちは同じ合唱部に所属し、六年生のときには、わたしが部長をし彼女はピアノ伴奏を担当した。

彼女はもの静かなほうだったが、彼女の弾くピアノは、わたしたちに雄弁に語りかけたり優しく寄り添ったりした。だから、わたしは、彼女の心のなかには、もっともっといろいろな美しさが潜んでいるのだろうと思っていた。

わたしたちの小学校の合唱部はそれほど上手くはなかった。でも、熱心な先生が部活の顧問になって、NHKの合唱コンクールの地区予選にもチャレンジできるようになった。

コンクールでは、各学校が課題曲と自由曲をそれぞれ歌う。顧問の先生が選んだ自由曲では、ソプラノに独唱の部分が入っていた。その部分を、わたしが任されることになった。直美はわたしの練習に付き合ってくれた。発声練習の伴奏や、音程練習。合唱部全体の練習が終わった後も、嫌な顔ひとつせずに。

コンクール予選の本番、会場で、わたしたちが歌い終えてから他の学校の発表を聴いていると、

「ねえねえ、三校前に歌った学校、歌はいまいちだったけど、ピアノは抜群だったわね」

「そうねえ。この前、ヤマハのピアノコンクールの予選を聴きに行ったんだけど、そのときも、たしか、彼女が演奏していて、光ってたわ」

と、他の学校の先生と思しき人の声が聞こえてくる。

わたしは耳をそばだてた。今回の合唱曲でソロパートを担当したわたしとしては、ちょっとだけどきどきしながら感想の続きを待った。けれど、ソロパートについてはなにも語られることはなかった。

わたしはがっかりしたし、直美にすまなく思った。でも、直美のピアノがほめられたことは心底うれしかった。

わたしもピアノを習ってはいた。当時、浜松はピアノの生産がさかんだった。親が楽器関係の会社に勤めている人が多く、そのためか、小さい頃からピアノを習う人も多かった。習字やそろばんを習うのと同じ感覚で、ピアノを習うことが、そうめずらしいことではなかった。

でも、彼女のピアノには自分にないものがあった。それがなにか。雄弁さや寄り添う優しさ。それだけではない。しかし、そのときのわたしには、まだ、それがなにかわかってはいなかった。いま思えば、感じてはいても、それを表現する言葉を持ってはいなかったのかもしれないと思う。

直美は勉強もできた。別段、努力しているふうにも見えなかったが、いつも涼しい顔をして先生の質問に答えていた。

ある日、たぶん算数の授業だったと思う。先生が、つるかめ算について、イラストなんかを使って懸命に説明したことがあった。しかし、半分以上の生徒はぽかんと口を開けていた。

先生は、

「いまの説明でわからなかった人はいますか？　手をあげてください」

と言った。

そのとき、直美はすっと手をあげた。躊躇するのでも恥ずかしがるのでもなく、とても自然に。

すると、先生は、

「直美さんもかあ……」

とがっかりしたような表情をして、

「よーし、じゃあ、もっと上手く説明できるようになって、みんなにわかってもらえるようにするからね。先生の宿題にさせてください」

と笑った。

わたしは、直美は「基準」なんだと感じた。彼女は、先生にとって、生徒がどのくらい理解できたかのバロメーターになるのだ。やっぱり、直美はそのくらい優秀なのだ。あらためてそう思った。

そして、直美には、周りにどう思われるかということには構わず、わからないものはわからないと意思表示できる潔さがあるのだ。そのことを知って、わたしは彼女を、清々しく、うらやましく思ったのだった。

当時は、六年生の秋頃になると進路調査が行われた。進路調査と言っても、ほとんどの小学生は学区で決められた中学校に進学する。でも、なかには、わずかだが、静岡大学付属の中学や私立の中高一貫校に進みたい生徒もいた。

私立の中高一貫校のひとつに、浜松では名門の女子校があった。その学校には、昔から、「良家の子女」が進学するというイメージがあった。

わたしの母にはその名門女子校へのあこがれがあったようで、さかんに、わたしに

「行けばいいのに」

と勧めた。

「普通でいいよ」

わたしが答えると、

「そお……。あんたがそう言うなら、お母さん、無理強いはできないわね」

母は少し悲しそうな顔をした。

そんな矢先、直美から
「わたし、私立に行こうと思ってるの」

そう告げられた。驚いた反面、ああ、やっぱり、とも思った。

「なんで?」

わたしが聞くと、

「うーん、なんとなく」

と言いながら、直美はいたずらっぽく笑った。

わたしは、彼女が自分と違う学校に進むことをさみしく感じた。そして、彼女はさみしくないのだろうかと問い詰めたくなった。

しかし、それ以上に、「なんとなく」というのはどういうことなのだろうと思った。彼女の物言いが曖昧ではっきりしなくて、どれほど強い動機があるのかわからない。強い動機なんてものがなくても私立の名門女子校を選ぶのは、やはり、「普通は嫌だ」ということなのだろうか。

そんなことを口にはできず、ぐるぐると自分の頭のなかで考えるたびに、自分と彼女との気持ちや環境の距離を感じ、わたしはかすかな憤りが混じった新しいかなしみを覚えたのだった。

中学に進学して、直美とわたしは別々の生活になった。

わたしが進学した中学校はたいへんなマンモス校だった。第二次ベビーブームの世代で、当時、一八〇〇人弱の生徒が在籍していた。教室が足りず、テニスコートを拝借して臨時のプレハブ教室を作り、急場をしのぐような状態だった。

しかし、それはそれで楽しかった。プレハブ教室は三列に横並びだったから、授業に飽きて隣の教室を見れば、やっぱり退屈そうな顔をした生徒と目があった。お互い話したこともないし、もちろん名前もわからない。でも
「つまんないよね」

「ほんとだね」

と目で会話した。

中学校には合唱部がなかったので、わたしは吹奏楽部に入部した。楽器はフルートを希望。なにしろマンモス校だったから、吹奏楽部は百人以上の大所帯。楽器選びも、比較的目立つ人気の楽器に希望が殺到し抽選になった。

くじ運がないからなあと思って、初めから人気のないユーホニウムとかにしようかとも思ったけれど、一か八かくじを引いたら当たったのだ。

しかし、当たったのはいいけれど、演奏会のメインの曲で吹かせてもらうには相当に努力をしなけ

ればならない。朝練、昼練、放課後練習と、勉強はそっちのけ。部活三昧の日々が始まった。

いろいろなことに興味を持ち、それに向かっていますぐにでも駆け出したい。でも、自由がなく、自信もなく、大人が決めた秩序に縛られている。そんな中学生の、行きどころのないエネルギーが、そこかしこに充満しているような毎日が続いていた。


直美はどうしているだろう。わたしは、時折考えた。

直美からはとくに連絡はなかった。もう、わたしのことなど忘れて楽しくやっているのかもしれないなあと思った。でも、以前ほど、痛さを伴ったさみしさを感じることはなくなってきていた。

しかし、直美のうわさを聞くことはあった。わたしには、別の小学校から同じ中学校に進学してきた新しい友達ができた。彼女の小学校のときの仲の良い友達が直美と同じ学校に進学していたので、いろいろと情報が入ってきたのだ。

直美は、変わらず熱心にピアノを弾き、そつなく勉強をこなしているようだった。

「部活には入ってなくてね、芸大のピアノ科を目指して、先生の個人レッスンに通って、楽典やソルフェージュをやってるみたいだって。でもさ、なんか、周りから浮いてるみたいなんだって」

と友達は言った。

「浮いてる？」

わたしは聞き返した。

「うん。友達はそう言ってたよ」

なにかが喉の奥にひっかかった感じがした。たしかに、彼女は小学生のときも口数は多くなかった。けれど、浮いているという印象を持ったことはなかったのだ。

浮いている。その言葉に、ガラスのコップに入った小さなひび割れを見つけてしまったような不安を感じたのだった。


中学三年生になった四月のこと。母が買い物に行って、久しぶりに直美のお母さんと会ったという。

「元気だった？」

わたしが聞くと、

「うーん、なんかね、疲れてる感じだったわねえ」

と、買ってきた野菜や卵を冷蔵庫に入れながら答える。

「おばさん、どうかしたのかな。直美は、元気なのかなあ……」

「詳しいことは聞かなかったんだけどねえ、直美ちゃん、手の病気みたい。それで、直美ちゃんのお母さんもたいへんそうだったのよね」

「え、手の病気？」

「ああ、でも、手じゃないのかもねえ」

母は首を傾げた。

「右手が動かなくなっちゃうみたい。それも、ピアノを弾くときだけ。いろいろ検査したんだけど、原因がはっきりしないんだって。手の病気だったら、ピアノを弾くときだけってこと、ないものねえ。やっぱり、精神的なものなのかしらねえ」

「え、どういうこと？　なんで？　いつから？」

「だから、直美ちゃんのお母さんもわたしも急いでたから、あんまり詳しいことは聞けなかったのよ。でも、直美ちゃん、芸大の付属高校の受験を考えていたみたい」

「芸大って、東京の、だよね？　そうなんだ……」

そうなんだ、と言ったけれど、わたしは、直美になにが起きているのか見当もつかなかった。手が動かない。しかも、ピアノを弾くときだけ。どうしてそんなことに。母にもっといろいろ聞きたかったけれど、なにを聞いたらいいのかがわからなかった。

「あ、プリン、買ってきたわよ」

母が言った。

「うん」

と答えながら、わたしはプリンを見ることもなく自分の部屋に入ってベッドに寝転び、天井を眺めた。

そして、ピアノの前でピアノを弾くこともできず、黙って座っている直美を想像した。なぜか、直美の表情は思い浮かばなかった。

けれど、あの頃、小学校の音楽室で一緒に合唱の練習をしたときに感じていたわたしのなかの直美と、いま母から聞いた直美の現在とは、明らかになにかが変わってしまったのだということは、なんとなくわかった。

次の週末、わたしは直美の家に行った。小学校を卒業して以来だ。

直美に会ってどんな話をすればいいのかわからなかったけれど、具合が悪い人のところにはお見舞いに行くものだよねと思い、なにはともあれ行ってみることにした。

応接室にはグランドピアノがあった。しかも、一番大きなサイズのものだ。小学生の頃遊びに来たときには、グランドではなくアップライトだった。

よく観ると、応接室のソファーや本棚や置き時計は変わっていないのに、壁だけは学校の音楽室のように厚く穴の開いたものに変わっていた。

でも、その大きなグランドピアノには黒く重いカバーがかけられ、カバーの上にはうっすらと埃が積もっていた。

応接室にあらわれた直美は笑顔だった。顔色も悪くなく、

「久しぶり」

と言いながら部屋に入ってきた。そして、ソファーに座っているわたしの肩をポンっと軽く右手でたたいて、向かいのソファーに腰かけた。右手には包帯もなかった。

最近の自分のことなら話しても大丈夫だろうか。例えば、吹奏楽の全国大会出場が決まったことと

かなら。それとも、音楽の話題は避けたほうがいいのだろうか。わたしはいろいろ考えながら、直美の家まで歩いてきた。

なにしろ、本当に久しぶりだから、どこから話したらいいのだろう。そして、なにを話さないほうがいいのだろう。

それにもかかわらず、開口一番、

「手、大丈夫？」

言葉が口から飛び出した。

言ってしまった瞬間、うわー、最悪だ、わたしのバカ、と後悔した。

でも、直美は
「うん。大丈夫だよ。ありがとう」

と微笑むと、お母さんが出してくれた紅茶とクッキーをわたしに勧めた。

それから、わたしは一方的に話した。

今度、吹奏楽の全国大会でショスタコーヴィチの交響曲第五番の第四楽章をやること、今年に入ってやっとメインの曲のトップを担当させてもらえるようになったこと、あんまりにも部活ばっかりやっているから親に部活をやめろと言われたこと、テストの成績がひどくてどこの高校に行ったらいいのか悩んでいることなんかを。

自分でも、どこからこんなにもたくさんの言葉が出てくるのだろうかと思ってしまう。

話して、話して、話し尽くしたところで
「いいよ。気を遣わなくて」

直美がぽつりと言った。

「気なんて、遣ってないって……」

わたしはそう言ったけれど、口のなかがからからに乾いているのに気がついた。

直美が、

「ごめんね」

と言った。

「ごめんね、ほんと、ごめん！」

わたしも謝った。

直美を励ますつもりが逆に気を遣わせている。そのことが辛かったし情けなかった。

そのとき、直美がすっと立ち上がった。そして、ピアノのカバーをゆっくりと取りはずし始めた。

「全然弾いてないの。なんか、怖くなっちゃって。でも、小学校のとき、音楽室でさっちゃんと一緒に練習したみたいな、あんなふうな感じだったら、できるんじゃないかな」

わたしも、ピアノのカバーを取りはずすのを手伝った。

重いカバーを剥いでいくと、黒く艶めくピアノのボディが見え、直美とわたしの顔が映し出された。ふたを開けると少しだけ軋んだ音がした。

「天板は開けなくていいな」

直美がつぶやいた。

そして、ピアノ椅子に座り、横に立っているわたしの顔を見上げると、

「歌って」

と言った。

「え、マジで?」

「うん。マジマジ」

直美は笑い、小学校の合唱部で歌った、あの自由曲の伴奏を始めた。

「え、弾けるんじゃん」

「ねえ、さっちゃん。歌ってよ」

わたしの「弾けるんじゃん」には答えず、直美は歌いだし部分の伴奏を繰り返した。

わたしは歌った。しばらくぶりで歌った。わたしの体は驚いたように反応し、直美の奏でるピアノのリズムに乗っていった。自分の声と直美のピアノが重なって、わたしは自分が感じていた不安が嘘なんじゃないかと思った。直美は弾けるのだ。ピアノが弾けるのだ。

直美を見ると、直美もちょっと驚いたようにわたしを見て、笑った。楽しそうだった。

わたしの歌はもうなくてもいいだろう。直美は自分のピアノに集中し始めていた。今度は、わたしの歌が直美のピアノの伴奏のようになった。わたしは、やわらかな気持ちでわたしたちのハーモニー

を味わっていた。

四月の終わりになって、直美から電話があった。わたしと一緒に浜松まつりに参加したいと言うのだ。

浜松まつりは、毎年、五月三日から五日の連休に行われる。

昼間は、中田島砂丘の凧場で、町内（組）で生まれた子どもの誕生を祝って、子どもの名前が書かれた「初凧」が揚げられる。小さいものでは畳二畳、大きいものでは畳一〇畳もの大きさの、組の「しるし」が入った凧を揚げ、他の組の凧と糸の切りあいをする。組の若衆が「やいしょ、やいしょ」というかけ声をかけ、練のラッパが海岸に威勢よく鳴り響く。

夜になると、街中や、それぞれの組で御殿屋台の引き回しが行われる。御殿屋台には、法被を着ておしろいを塗った子どもたちが乗り、お囃子を奏でるのだ。子どもたちの笛や太鼓が闇に溶ける。若衆は町を練り歩く。「やいしょ、やいしょ」というかけ声と練のラッパは、昼間とは違って影をまとい、長い夜になる。

いまでこそ、浜松まつりには、浜松駅周辺の町内会から旧浜北市近くの町内会まで、合わせて一七〇を超える組が参加している。けれど、昭和三〇年以前から参加している組の数は七〇組にも満たなかった。昭和の終わりという時期は、参加する組が徐々に増えてきていた頃だった。

わたしの住んでいた町の組は、昭和三〇年以前から浜松まつりに参加していた。御殿屋台も小さいけれど、屋台の木に細かい細工が施されていた。

浜松の屋台の起源は旧磐田郡竜洋町掛塚にあるようだ。天竜川や遠州灘の流れを利用して材木が集められた掛塚の町は材木が豊富だったこともあり、宮大工の技術が発展した土地だった。

わたしの父が掛塚の出なので、浜松の屋台を見ると、

「掛塚の屋台は、こんなもんじゃない」

とよく自慢していた。

しかし、わたしには、自分の組の屋台の彫り物は派手さに欠けるが、どこか遠慮深げに感じられ、好感を持っていたのだった。技術的に、どのくらい高度な彫り物がなされているのかはまったくわからなかったけれど。

でも、子ども心に不満だったのは、わたしの町内では男の子だけが御殿屋台に乗って祭囃子を奏でることができると決められていたことだった。

そのかわり、女の子には、秋の祭礼のときに神社で舞を奉納する役が与えられていたのだけれど、わたしは、やっぱり、あの御殿屋台に乗ってお囃子を奏でてみたかった。

あそこから見る風景はどんな感じなのだろう。ずるいなあ、男の子だけ。なんで、うちの町内は男の子だけなの？　と母に不満をぶつけてみることもあった。

直美の住んでいる町が浜松まつりに参加し始めたのは、わたしたちが小学校を卒業した後のことだ。

小学生の頃、直美は、わたしの住む町内の組で、わたしと一緒にまつりに参加していた。本当は、

町内に住む子どもが参加するのが規則となっているのだが、親戚の家が町内にあって、浜松まつりのときに遠方から遊びに来た子どもが参加することもよくあった。

小学生以下の子どもの浜松まつりと言えば、子ども会に参加しみんなで御殿屋台を引っ張ることがメインだ。屋台を引っ張ると言っても、実際には屋台につながれた藁で編まれた太い紐をみんなで引っ張るのだ。

わたしの町は、浜松の中心街から歩いて、三、四〇分ほどかかる場所だ。おまけに、ゆるやかな長い坂を上らなければならない。街中に下りた屋台を町内まで引っ張るのは、結構たいへんだった。もちろん、子どもたちだけでは無理なので、世話役の大人たちが音頭をとり先導しながら、夜の道をゆっくりゆっくり帰る。

やっと、屋台小屋がある町内の社務所に着く頃には、大人も子どももくたびれている。大人は社務所に用意されている振る舞い酒を楽しみ、子どもは配られるお菓子の詰め合わせを勇んでつかむ。そして、迎えに来た親に獲得したお菓子の袋を見せながら、手を引かれて帰るのだった。わたしと直美も、そんな子どものなかの一人だった。

でも、中学生になると、小学生に混じって御殿屋台を引くことはなくなった。わたしは部活が忙しくなって、浜松まつりには参加しなくなった。

夜、お囃子の音が聞こえてくると道に出て、ご近所さんたちと一緒に御殿屋台が通って行くのを見守った。練のラッパが聞こえると、あいかわらず音程が悪いなあと思いながら、ベランダから覗くこともあった。

ここ二年、まつりの時期が近づいても、直美からの連絡はなかった。ピアノで忙しいのだろう。わたしはそう思っていた。

それが、三年ぶりに参加したいと言うのだ。わたしはうれしかった。直美が参加するならわたしも出たい。けれど、もしかしてワッペンが間に合わないかもしれないと思った。

浜松まつりに参加するにはお金を納めワッペンを購入し、それを法被の肩に縫い付けていなければならない。法被は、わたしの家に二着あったので問題なかったが、ワッペンの調達には自信がなかった。

そこで、幼なじみの良介に相談することにした。

良介の一番上のお兄さんは、わたしたちとは歳が一〇歳以上離れていて、町の青年会の役をやっている。良介からお兄さんに聞いてもらえばなんとかなるかもしれない。

そのことを良介に話すと、

「えー、直美ちゃん、参加するって？　久しぶりだなあ。うれしいらあ」

と満面の笑みで言う。

「でも、ワッペン、調達できんかったら、ダメだら？」

「わかった。オレ、あにきに頼んでなんとかするで」

良介は、早速お兄さんに頼んでくれた。お兄さんの知り合いのところでワッペンが二枚余っているということで、わたしたちは浜松まつりに参加できることになった。

その年は、五月三日も四日もあいにくの曇り空だった。風もあまり強くなく、凧を揚げるには苦労しそうな天気だった。

四日に、凧場から引きあげてきた若衆は
「今日も揚がらんかったに。この天気じゃ、無理だら」

「もう、今年は明日にかけるしかないら」

と、社務所で樽酒を飲みながらぼやいている。

わたしは、三日も四日も、昼間は吹奏楽部の練習だった。もうすぐ大会だというのに、自分の演奏に納得がいかない。夜、家でフルートの練習はできないから、一人、音楽室に残って練習した。音楽室にも逸《はや》るラッパの音が聞こえてきた。

家に帰る途中、法被姿の良介に会った。

「あれ、お前、練、行かんの？　そういや、昨日もいなかったな」

「あ、うん、昨日も今日も部活だったし、昨日も雨だったらあ。今日も降ってるし。明日からでいいかな」

「直美ちゃんは？」

「直美も、家の都合で明日から参加」

「そうか」

前を行く法被姿の男の人が良介を呼んだ。

「あ、英二さんが呼んどる。じゃ、明日な」

と言って、良介は走り出した。


五日、わたしと直美は、昼間は凧場に行き、夜は町内のまつりに参加することにした。朝、直美はTシャツにジーパンという姿でわたしの家にあらわれた。長い髪を結いあげて薄く化粧をしている。アイシャドーとマスカラ、それと、ピンク色の口紅。あとは法被と股引、地下足袋で完了といった仕上がり具合だ。

わたしは、アイシャドーもマスカラもまだ使ったことがない。それに、口紅も持ってはいない。持っているのは色付きのリップクリームだけだ。

直美は、とてもきれいだ。化粧初心者とは思えないなあと、わたしは思った。後で思い返したら、それは、わたしには直美がとても大人びて見えたということなんだと気がついた。


凧場へは、青年会の人たちが乗るバスに乗せてもらって行った。

バスを降りると、潮の香がふわっとやってきた。海が近い。そう感じられるだけで、普段使っていない五感が刺激される。直美はとても深く息を吸っていた。

二日続けての曇天で、若衆はエネルギーをもてあましていた。今日の昼間の遠州灘海浜公園はまずまずの風が吹いていていて、凧もなんとか揚がった。

若衆は二日間じらされた鬱憤を晴らすように、「やいしょ、やいしょ」と声をかけながら、練を練り始めた。

先頭に組の旗を掲げ、幾つもの組が並列する。ラッパ隊が高らかに練の始まりを告げ、太鼓の衆と一緒に四拍子を刻む。

そして、その後ろをすり足で法被姿の男たちが続く。女も入っている。老いも若いも男も女も混じって、百人以上の人たちが、「やいしょ、やいしょ」と、うなる。

すり足で砂埃があがる。先頭の旗を中心に人々が渦を巻いていく。砂埃とかけ声と熱気が混じりあって、まるで小さな竜巻のようになる。地鳴りが聞こえてくるようだ。そして、そのまま、熱だけが青い空へと吸い込まれていく。

直美とわたしは、その光景を見つめていた。じっと、だまって、見つめていた。

良介は練に混じっていた。砂埃で人々の顔がかすんでいる。良介も渦に溶けだんだん顔が見えなくなっていく。

先頭の旗が幾本も重なり合って、人々のうねりの勢いに押され波を打っている。風と熱気に揺れる姿は大漁旗のようにも見える。荒波のなかで倒れるのではないかと思うものもある。

でも、わたしの組の旗は揺れずにまっすぐ空を突き刺していた。

やがて、ラッパと太鼓が練の終わりを告げる。練の輪がほどけた。人々が散り散りになる。さっきまでの熱はどこへ行ったのだろう。淀んでたまっていた一年間の熱量を昇華させた人々は、上気した顔とは裏腹に、もう日常に戻っているようにも見える。

そのとき、わたしの組の旗を持っている男の人が見えた。意外と華奢なことに驚いた。

「英二さん」

良介がその男の人に駆け寄って行った。

英二と呼ばれたその人は、額の汗を法被の袖で拭うと黙って片手をあげた。

直美は、その男の人をしばらく見ていた。しかし、良介が英二を伴って直美の近くまで来ても、自分の視界に入っていないというような態度をとった。わたしには、それがいつもの直美らしくなく感じられた。

そのときの直美は、英二と距離をとろうとしているようだった。でも、それがかえって、直美が英二を意識しているようにも見えた。わたしは、かたくなにも見える直美の不自然さが彼女の脆さや動揺をあらわしているようで少し不安になった。

英二と良介はわたしたちの組のテントに向かって歩いて行く。直美とわたしも組のテントに戻った。

「おつかれ」

「おつかれ」

と、会う人ごとに言葉を交わす。組の若衆が英二の働きを労った。

するとと、一人の女性が英二に抱き付くようにして缶ビールを差し出した。

「英ちゃん、おつかれさま」

女性は、胸にさらしを巻いて金色に近い茶色の長い髪を垂らしている。緩いウェーブがかかっている髪が、汗で湿った英二の首筋にまとわりつく。足袋ではなく草履を履いた足。爪には、真っ赤なペディキュアが見える。

英二に差し出したビール缶の飲み口には、爪の色と同じ色の口紅がついている。女性の唇のしわまではっきりと刻まれているような口紅の跡だった。

「広子さん、おつかれさまです」

良介が言った。

「良ちゃん。英ちゃん、かっこよかったらあ。最高だらあ」

広子と呼ばれた女性は笑いながら言った。

英二は広子からビール缶を受け取ると一気にビールを飲み干した。広子の口紅の跡と、英二の唇とが重なった。

わたしはどきどきした。たったそれだけのことなのに、見てはいけない気がした。

そのとき、直美は英二をじっと見ていた。英二が缶ビールを飲み干す何秒かの間、直美が英二から目をそらすことはなかった。

それから直美は、英二がビールを飲み終わると、ゆっくりと広子のほうに視線を移し、観察するようにその女の人を見た。そして、広子のすべてを見通して、もう見尽くしたとでもいうように、再び英二を見たのだった。

直美の視線に気づいた英二は、

「誰？」

と言った。直美をまっすぐ見て言った。

本当は、英二はわたしたちの存在にはとっくに気づいているはずだ。わたしはそう思った。直美はなにも答えずにいる。

すると、

「あ、英二さん。紹介します」

良介が割って入った。

「こっちが、幼なじみの沙知絵。そして、こっちが、沙知絵の友達の直美ちゃん。直美ちゃんは、この組の子じゃないんだけど、な」

と、今度はわたしたちのほうに話しかけた。

「良介が、お世話になってます」

わたしが言うと、英二は、ははは と声をあげて笑った。それから、

「そんな、たいしたお世話はしてねーけどな」

と良介を優しく見て言った。

そして、

「よろしくな」

とわたしたちに言うと、直美の肩をポンポンと二回たたき、

「酒、もらってくるわ」

と伝え、行ってしまった。広子が英二のあとを追って行った。

直美は、英二が行ってしまうと、英二が触れた肩に手を置いた。

わたしには、直美がそのときなにを思っていたのかはわからなかった。けれど、直美の手が、英二の手の温もりや重さや強さを確かめているように思えた。

直美は、なにかを求めていて、なにかを得ようとしている。そして、その直美の姿が、わたしに小さな痛みをもたらした。けれど、わたしが、それもまたかなしみなのだと気づくには、まだ幼すぎたのだった。


凪場から戻って、一旦、直美とわたしはそれぞれの家に帰った。

玄関で足袋を脱ぐと、砂が足袋のなかまで入っていた。腕も、汗と潮風でべたべたしている。

「あんた、今日一日で日焼けしたんじゃないの？」

玄関で出迎えた母が言う。

自分の顔がほてっているのがわかる。なんだか、体全体が埃っぽい。

浜松まつりのなにが楽しいんだろう。大人たちはなにを求めているんだろう。

わたしは風呂に入りながら思う。

砂にまみれ、自分の汗と他人の汗が混じりあうほど接近し、人と人がぶつかりあい、こすれあう。

それは、以前ニュースで見た、東京の通勤電車の光景と変わらないようにも思える。けれど、練の輪がほどけたときの、人々の上気した表情は、満員電車から吐き出される人々の疲れ切った顔とはまったく違っていた。

「そりゃあ、まつりは仕事じゃないし。違ってて、当たり前か……」

と、わたしはつぶやいた。

つぶやきながら、また考える。ひょっとしたら、練の渦のなかに答えがあるかもしれない。

わたしは夜の練に加わってみることに決めた。


午後五時。再び直美がやってきた。今度は、すでに法被を着ている。髪を結い直し、化粧直しもしていた。こころなしか、朝よりも化粧が濃くなったように思った。

朝は気がつかなかったけれど、両手の爪が整えられ赤いマニキュアが塗られている。この爪の長さではピアノは弾けない。わたしはとまどった。でも、それについて尋ねることはできなかった。

そのかわりに、

「口紅、変えた？　朝と違う気がする」

と言った。

「うん」

直美は、こちらを見ずに答えた。

わたしは、自分の言い方がいくつかの小さな棘を含んでいたことに気づいていた。悪かったなと思ったけれど、どう謝ったらいいかわからずに、直美を見つめた。直美の頬が色づくのを感じた。それは、今朝の静かな美しさではなく、艶を帯びた美しさだった。

そこに、

「お前たちは、夜も行くのか？」

父の声が近づいてくる。玄関にいるわたしたちを前に仁王立ちになり、

「夜も、か？」

と、父は繰り返した。

「うん、行くよ。今日、最終日だもん」

わたしが答えると、父は渋い顔をした。

「だって、高校生になったら、浜松まつりって参加できなくなるんだら？　そういう決まりになってるって聞いたに。だから、たぶん、今年が最後なんだに。行かなきゃもったいないなら」

と、さらに言うと、あきらめた様子で、

「うーん……。じゃあな、一〇時までだぞ。一〇時までには帰って来ると約束しなさい」

「あー、はい。わかりました！」

いまここで、父と門限の交渉をするのは面倒だ。それに、父は交渉してどうこうなる相手ではない。わたしは一応の約束をした。けれど、わたしは、自分が父との約束を破れないこともわかっていた。いままでもずっとそうだったように。

「それから、酒は飲むなよ」

父は付け加えた。

「はーい」

わたしは適当に返事をした。直美はわたしの横でにこりとうなずいていた。

それより早く社務所に行きたい。練の輪に入る。そう決めたのだ。そこになにがあるのだろう。わたしは鼓動が高まるのを感じていた。

社務所には、凧場から戻った若衆が集まっていた。

夜は、その年に町内で生まれた子どもの家や、会社や商店などを回って練るのだ。若衆にとって夜の練は、昼間、凧場で凧を懸命にあげた褒美の酒にありつける場なのだ。

夕暮れ近くになると、旗持ちが先頭に立ち、ラッパ隊と太鼓の衆がその後ろに並び始めた。そして、だんだんと若衆が列に加わり練の集団ができていく。

屝場とは違って町内を回るので、他の組と合同で回ることはない。練の集団は縦に長く伸び、先頭から最後尾までは、三、四百メートルになることもある。日付が変わる頃には皆疲れて、徐々に列が切れ切れになり、人がぽつりぽつりと消えていく。

夜の練では、一人ひとつ提灯を持つことになっている。わたしと直美も、ひとつずつ提灯を持った。ロウソクはまだ灯されていない。

周りでは、ロウソクに火をつけたい人たちが

「火、ないの？　火、どこ？」

と叫んでいる。

若衆にとっては夜の練は褒美の宴かもしれないが、町内のスケジュールはきっちりと決められている。回る予定の家や店はすべて回らなければならない。そのため、スケジュールは分刻み。ゆっくり酒を楽しみたいところだが、夜は夜で忙しい。まつりといっても、必ず日常が絡んでいるものなのだ。

そんなこともあって、練のスタート時間が迫ってきていた。わたしは良介を探した。良介の提灯から火をもらおうと思ったのだ。けれど、良介は見当たらなかった。

どうしよう、と思っていると、英二が通りかかった。ちょっと怖かったけれど、

「英二さん、すみません。提灯のロウソクに火をつけたいんですけど……」

わたしは英二を呼び止めた。

英二は

「ちょっと、持っててや」

と、くわえていたタバコを直美に渡すと、自分の提灯の、障子紙が貼ってある筒状の部分をさげた。そこからロウソクを取り出し、わたしと直美の提灯のロウソクに火を入れてくれた。

「ありがとうございます」

わたしが言うと、英二は微笑んだ。

「あの、これ」

直美は、持っていたタバコを英二に返そうとして差し出した。すると、英二は
「吸ってみな」

と言って、直美を見た。

そこからは、英二のどんな感情も読み取れなかった。君みたいなお嬢ちゃんが吸えっこないだろうというバカにした感じも、吸えるもんなら吸ってみろよという挑発的な感じもなかった。

わたしは、直美がタバコを吸うのだろうかとハラハラした。けれど、直美に、「やめなよ」とは言わなかった。二人のやり取りを黙って見ていた。

直美は、英二のタバコを手にしていたけれど、その持ち方はぎこちなかった。右手の親指と中指と薬指の三本で、落とさないようにしているのが精いっぱいという感じだった。

英二は、

「それじゃあ、吸えんよな」

と笑って、直美の指の間からタバコを抜き取った。赤い爪がロウソクの灯に照らされている。

「あっ」

直美は英二を見上げた。

そして、

「かして。吸うから」

と言った。

英二は少し驚いたような表情をした。けれど、それには答えず、直美の肩を抱いた。

それから、

「行くぞ」

直美の顔をのぞきこんで、一言だけ言った。

練の先頭旗は、もうすでにゆっくりと動き出していた。そして、だんだん、練の集団の後ろの人たちも動き始めた。いつもの車道が人で埋まって行く。

英二と直美は、二人で列の後ろのほうに加わった。

急な展開に置いてきぼりを食ったわたしがぽかんとしていると、

「じゃ、沙知絵は、オレと行くか」

知らぬ間に、良介がわたしの肩に手を置いている。

「えー、マジで。今日だけだからね」

と言いながら、一人じゃなくて良かったと、内心、良介に感謝した。

初めは、町内のそば屋の店先で練った。

わたしは、昼間凧場で見たように、流れに任せて渦に入っていった。自分の汗がほとばしり、誰かの汗をあびた。酒の匂いに酔いそうになった。

でも、なぜか嫌な感覚はなかった。固有の誰かではなく、そこにいる人の体温が集まってできたエネルギーの塊のなかに自分がいるようだった。名前をなくした自分がそこにいることを許され、自由を感じ、安心感を得る。不思議な体験だった。

町内の家が子どもの祝いをするときは、家の敷地内に酒やジュース、簡単な食事やつまみを用意する。そして、だいたい、父親がその子どもを肩車している。

先頭の旗持ちが、その父親の位置を練の中心と定め、そこに向かって列が渦を巻いていく。渦を巻いていく様子は、昼間の凧場のときとさほど変わりはない。

群衆が「やいしょ、やいしょ」というかけ声と共に迫って来るので、ほとんどの子どもは大泣きをする。それもまた、かわいらしい光景なのだった。

もう、何軒回っただろう。若衆も皆、だいぶ酔っていた。泥酔して列から脱落した者もいるようで、ほんの少し人数は減ったように感じられた。

しかし、まだ百名弱の人が群れになって夜の道をうごめいていた。

練の列が狭い路地に入って行く。その路地を抜けたところにある家が子どもの祝いに初凧を提供した家らしい。

けれど、なにかの手違いで、練は家の手前の狭い路地で渦を巻き始めた。

そのとき、英二と直美は、練の列の前半分くらいのところにいた。良介とわたしは、変わらず後ろのほうにいた。

渦を巻き始めたときは、いつものように順調に練られているように思えた。しかし、わたしと良介が渦に加わろうとしたときは、人が路地いっぱいになっていた。もうすでに、ぎゅうぎゅう詰めの状態で渦には入れず、わたしと良介は渦の外で練を見守っていた。

人々が持った提灯が渦の中心に向かいながら不規則に揺れている。それは、天に集う星のまたたきのようにも見え、誘蛾灯に吸い寄せられる虫たちの命のようにも見えた。

しかし、そのとき、悲鳴とどよめきがあがった。狭い範囲に外側からどんどんと人が入り、中心部分はぎゅつぎゅっと押されていった。中心付近にいた女性が倒れ、踏まれ、潰されそうになっている。

女性の悲鳴は、練に夢中になっている若衆には聞こえない。練は続く。何百という足に踏まれ、上から乗りかかられたら命も危ない。

人と人、足と足の間から、一瞬、電柱の灯に照らされた先に直美が倒れているのが見えた。倒れているのは直美だったのだ。

英二が、直美をかばおうとして、直美の上に四つん這いになって覆い被さっている。その英二の肩や背中や頭を人の波が襲っている。蹴る。押す。叩く。撲つ。悪意のない、けれども容赦のない力をぶつけていく。英二の下で、直美は固まって動かない。

わたしも固まっていた。言葉もなく、見守るしかなかった。

良介も起こっていることに気づいた。

「ヤバイ……」

そうつぶやいただけで、なにもしゃべらなくなった。

練のラッパと太鼓が、もっともっとはげしく練るように若衆を煽る。「やいしょ、やいしょ」の声が、無情の声になる。

わたしは、闇夜に向かって叫んでいた。

「早く終わって!」


練の輪がほどけると、わたしは散り散りになった人をかき分けて二人に近づいて行った。

英二は直美を抱き起すと、群衆から離れた道の隅に座らせた。

直美には怪我らしい怪我はなかった。でも、呼吸が速く浅くなっている。よほど怖かったのか、震えている。

英二は直美の背中をさすり続けた。よく観ると、英二には、いくつかのすり傷と、顔には殴られたようなあざができていた。唇も切れている。

英二もまた、青い顔をしていた。

「大丈夫だ。もう、終わった。大丈夫だ」

英二は聞き取れないくらいちいさな声で、何度もつぶやいていた。

直美の呼吸がだんだん落ち着いてきた。それを待って、英二は
「水、もらってくるわ」

と言い、家のほうへ歩いて行った。足を痛めたのか、歩く姿がぎこちない。

周りには、酔っぱらった若衆が座り込みビール片手に焼き鳥や乾きものを食べている。酔いも回って、女が男にしなだれかかっている。

水をもらって、英二は直美のところに戻ってきた。そして、水を直美に差し出した。

すると、直美は、水は受け取らず英二にしがみついた。しがみついて、泣いた。

そして、英二にしか聞こえないくらいのかぼそい声で
「助けて、助けて」

と震えていたのだった。

わたしは直美に近づくことができなかった。それは、わたしが知らない直美だったからだ。直美は、なににおびえているのか。なにから助けてもらいたいのか。でも、きっと、わたしには直美を助けることはできないし、直美もそれを求めてはいないのだろう。それができるのは、わたしではなく

英二なのだろう。

今度は家の敷地のほうで練が始まったようだった。練はその家から去るときにも行われる。振る舞い酒のお礼を返すのだ。そして、そのままラッパ隊と太鼓が四拍子を刻み続け、練は次の目的地へと向かって行く。

直美を抱きかかえている英二の横を練の集団が通り過ぎて行く。ゆっくりゆっくり遠ざかって行く。ふたりは、練とは切り離された現実のなかにいた。でも、それは同時に、新しい虚構の始まりかもしれなかった。

わたしは、

「帰ろう」

と言った。直美に近づきながら。

「直美、帰ろう」

もう一度声を振り絞って言った。

直美がゆっくり顔をあげ、わたしのほうを見た。

「たぶん、もう、一〇時前だに。帰らんと、父さんにしかられる。帰ろう」

わたしは、半分涙声になりながら直美に訴えた。

しかし、直美は黙っている。

「直美、帰らんといかんに。帰らんといかんよお」

直美は、静かに首を振ると、

「さっちゃん、ごめん。帰らん。わたしは、帰らん」

と、わたしの目を見て、言葉を置くように、言った。

わたしは泣いていた。泣きながら走りだしていた。後ろで、わたしの名前を呼ぶ良介の声がしている。

地下足袋を履いた足は黒いアスファルトを蹴った。硬くて冷たい感触だった。アスファルトを蹴るごとに重くなる。地面に強く拒絶されている感じさえする。ちっとも進んでいない。そう思うと、よけいに泣けてきた。

疲れたな、と思った。立ち止まって、空を見上げた。空全体が薄い雲で覆われている。どこまでが空でどこからが雲か。わたしには、よくわからなかった。

そして、今度は、とぼとぼと歩きだした。家の側にある電柱の灯が見えた。灯はぼんやり地面を照らしていて優しかった。もう、涙は消えた。


家に戻ると、玄関と台所の灯だけがついていた。

「おかえり」

母の声がした。

「一〇時五分前だに。あんたら、帰ってこんかと思って、母さん、ひやひやしてただで」

と言いながら、母が玄関に出てきた。

「あれ、あんた一人なの？　直美ちゃんは？」

「あ、うん。まだ、もうちょっと残るって」

「そう」

わたしは、泣いたことがわからないように、母の顔を見ずにあがりかまちに腰かけ、うつむいて足袋の小鉤を外した。

「あんたたちが出かけてから、父さんがね、言っただに」

「なんて？」

「約束を守って、一〇時までに帰ってきたら、もう一度出してやれって」

わたしは驚いた。

「だから、あんた、行きたかったら、もうちょっと行ってきてもいいに。直美ちゃんのことも心配だでねえ」

「え、そうなんだ。父さん、そんなこと言ったんだ。父さんは？」

わたしは母の顔を見上げた。

玄関の薄明かりのなか、母はわたしの顔を見た。たぶん、泣いたことはわかっただろうけれど、母はなにも言わなかった。そして、

「もう、寝ちゃったわよ。明日、早いんですって」

と笑い、
「ほら、行きたきゃ、行きなさい」
とうなずいた。

わたしは、再び夜のなかを駆け出した。まるで、闇夜の野良猫みたいに耳に意識を集中させた。ラッパの音はどっちだろう。みんな、どっちに行ったんだろう。直美はどこにいるんだろう。

とりあえず、社務所に行ってみた。社務所では、御殿屋台の片付け作業が始まっていた。子ども会の子どもたちはお菓子をもらって、もうとっくに引き上げたようだ。法被の上にたすきをしている人に、練がどこに行っているか聞いた。この人は町内の役をやっているはず。だから、今日の練のスケジュールを知っているはず。わたしはそう考えた。その人は時計を見て

「そうだなあ、この時間なら、たぶん、丸一酒店の前あたりだら?」

「でも、あと二軒くらいだに。行くなら、急いだほうがいいに」

と、横にいた人も教えてくれた。

わたしはお礼を言って走りだした。

丸一酒店は社務所から走ったら五、六分だ。わたしが走っていると、練に疲れて帰って来る人とすれ違った。道端に座り込んでいる人もちらほら見えてきた。きっと、練の集団は丸一酒店にいるはずだ。わたしの足はさっきとは別人のように軽く動いた。

丸一酒店に近づいて行くと、練に参加している若衆が休憩している。たぶん、一回目の練が終わったところなのだろう。店の駐車場に座っている一団のなかに良介を見つけた。わたしは息を切らしながら

「直美は？」

と聞いた。

「お、沙知絵。どこ行っとった？」

「一回、家、帰った。で、直美は？」

良介はソーセージを食べながら、

「うーん、たぶん、英二さんと一緒だと思うぞ」

口をもぐもぐさせながら言う。

「たぶんって？」

わたしは、自分がちょっとイライラしてきているのがわかった。

「お前が、走って消えてからな、オレ、英二さんに『練に戻らんのですか？』って聞いたんだに。そしたら、英二さん『先、行っとけや』って言ったからさ、オレ、友達つかまえて、いま一緒におるんだけど……。英二さんと直美ちゃん、まだ来んのよ」

「来てないんだ……」

「お前も、なんか食べるもの、もらってきたらいいじゃん」

わたしは、

「わかった」

と言って、また走りだした。

「なにが『わかった』なんだよ」

と良介が叫ぶ。

わたしは振り向かず、直美と別れた場所に向かって走った。もうあそこにはいないだろうと思いながら。でも、かすかな希望を抱いて。

しかし、やっぱり直美はいなかった。英二もいなかった。わたしは、あのとき、直美を残してこの場所を離れたことを後悔した。けれど、もう遅かった。

どこを探せばいい？　夜の町内は、自分が知らない町のように途方もなく広く、冷たく、頼りない。独りだ。わたしは、それを知った。


連休が終わり、わたしには浜松まつりの前と変わらない日常が戻った。部活漬けの日々と高校受験の準備。当たり前の生活が過ぎていくなかで、わたしの頭のなかを、直美の影がちらついては消えた。でも、日々の生活は、わたしに直美のことをじっくり考える余裕を与えてはくれなかった。

二学期に入ったある日、直美が転校したといううわさを耳にした。うわさには、芸大付属高校受験のために早くも都内の中学に移ったとか、外国に留学したとか、もっともらしい理由が付け加えられていた。

わたしは家に帰って、直美のうわさについて母に話した。母だったらなにか知っているかもしれないと思ったからだ。

「直美ちゃんね……」

母は話したがらない。

「転校したって、本当なの？」

「うーん……」

「転校したんだったら、学区の中学は、わたしと同じだに。一緒の中学になるはずだら？」

「直美ちゃん、転校じゃないのよね。学校、辞めちゃったんだって」

「え、なんで？　どういうことなの？　いま、どうしてるの？」

「うん……。なんでかは、わたしもわからんの。でもね、いま、家にはいないみたい」

「家にいないみたいって、なに、それ」

「この前、また、直美ちゃんのお母さんとスーパーで会ったんだけどねえ、『直美ちゃん、どうしてる？』って聞いたら、『いま、別に住んでる』って言ってたの」

「『別に住んでる』って？」

「ほら、手の病気のこともあったでしょ。精神的なものだったら、なんかいろいろ聞くのも悪い気がして……」

と母は言った。

わたしは、あのとき、わたしに「帰らん」と言った直美の表情を思い出していた。口をきゅっと結んで、とても強い目をしていた。直美は、あのとき、「帰らん」ことに決めたのかもしれない。家にも、ピアノにも、それまでの自分にも。

直美は英二と一緒にいるのではないか。わたしは思った。良介に聞けばわかるかもしれない。

わたしは電話の受話器をとり、良介の家の電話番号をプッシュしていった。けれど、最後の数字を押す前に、受話器を置いた。

もし、わたしが思った通り、直美が英二と一緒にいるとしても、そうでないとしても、もう、始まってしまったのだ。直美の新しい道が。そして、それは、彼女が自分で選んだ道なのだ。それを、わたしがどうしようというのか。どうしようもないではないか。

もう二度と、わたしと直美の道が重なることはないかもしれない。そう思うと、わたしは、光のあたらない海の底の深海魚みたいに、しんとしたかなしみに包まれた。

そして、彼女との思い出を心の抽斗の奥深くにそっと仕舞った。それから、その日一日泣き続けた。泣き疲れて、そのまま眠った。


「おい、おい」

車椅子に座っている父が言っている。

どのくらい時間が経ったのだろう。とても深い居眠りをした後のように、わたしは、まだ、あの夜をさまよっていた。

父は、麻痺の影響でうまく振り返ることができない。だから、父の「おい、おい」は遥か前方へ響きわたっていた。

父の声は、とげとげして少しイラついている様子だった。いつから呼んでいたのだろう。わたしが、自分が呼ばれていると気づくのに、ずいぶん時間がかかったようだった。

まだ、思い出のなかのかなしみと現実とが混じり合っている。水筒に入れた濃いお茶を一口、口に含んだ。

「あ、ごめん、ごめん。なに？」

父の顔を横からのぞきこんで聞くと

「オヤジの番号、電光掲示板に出とらんか」

と左手で指さす。

電光掲示板を見上げると父の番号があった。

「父さん、ここで待っててよ。会計済ませてくるで。あ、トイレ、大丈夫？　もし、行ったほうがいいんだったら、先に行くけど」

わたしは確認する。

「おう、待ってるよ。トイレは、いまんとこ、大丈夫だで」

父は答える。

わたしが自動精算機の列に並ぶと、さっきの「鈴木直美」さんと思われる人が、会計を終え病院を出て行くところだった。わたしは、だんなさんと子どもたち、そして彼女を見つめた。

「鈴木直美」さんが、後ろから走ってくる女の子に目をやり、手を差し出している。女の子は、母親の手をつかもうと手を伸ばしている。だんなさんが、赤ちゃんのためのおむつや哺乳瓶やウェットティッシュが入ったバッグを肩にかけ、背中に赤ちゃんを負ぶっている。

わたしは、彼女が、わたしが知っている直美だったらいいな、と思った。

会計を済ませたら介護タクシーを呼ばないと。家では、母が父の帰りを待っている。

「帰らんと、ね」

わたしはつぶやいた。

浜松まつりのあの夜、帰ることを選んだわたしと、帰らないことを選んだ直美。わたしたちは、ただ、選んだだけだった。

ふたりの道は、遠く隔たってしまったのかもしれない。

でも、わたしは彼女の幸せを祈っている。そして、彼女もまた、わたしの幸せを祈ってくれていると、信じている。

優秀賞　（小説）

銀鱗《ぎんりん》の背に乗って

熊崎《くまざき》　洋《ひろし》

「おぉ、今日も与吉っつあんが泳いどるが」

「どれどれ、いやぁー相変わらず元気だなあ」

「もう、いい歳だがぁ若者みてぇじゃ」

「幾つになったべか」

「オラの弟と同じだで七十二歳のはずだ」

「それじゃあ、古希をとっくに過ぎてるってこんか、すげぇじゃにゃあか」

「それにくらべると、オラたちは情けねえよなぁ、一日中酒喰らって釣り三昧だもなぁ」

突堤の先端で釣り糸を垂れていた四人の男たちが、瓜島《うりじま》の横を沖に向かって泳ぐ人影を指さしながら声を上げげた。今日は凪だから水面をはねるしぶきがひと際陽光に輝いて踊る。

与吉が泳ぐはるか先には、矩形の頭を幾つも海面上に覗かせた消波堤があり、さらにその向こうには養殖筏の枠が鈍い光を放つ。

「今日はどこまで泳ぐのかなぁ」

「いつも通り、筏まで行くんじゃにゃあのか」

「それじゃあ、往復で八百メートルはあるら」

「こんでも短くなったもんだ。昔や瓜島から飛び込んで御用邸まで行って帰ってきたけ、まるで河童だったぜ」

「じゃあ、距離にしたら片道五百メートルくれえかよ」

「バカ言うでねえ、それじゃきかにゃあよ、千メートル以上、往復で三キロ近くはあるさなあ。それを毎日だよ」

「ひえー、驚れぇたぜ、こりゃもう人間業じゃにゃあな」

「漁師上がりのオラだってとても無理だ。若い頃でさえそんなに泳げなかったけ、与吉っつあんは特別だ」

突堤の上の騒ぎをよそに、与吉の抜き手は正確なピッチを刻んでいる。

泳ぎは与吉の日課であり、海がよほど荒れないかぎり実行した。言ってみれば、これはもう中毒のようなもので、海に入らないと身体がムズムズとして落ち着かなかった。泳ぐ時間も、漁から帰り獲物の始末をした後と決まっていた。

この日課を家族は心配し何度もやめるよう迫ったが、与吉は頑として承知しなかった。海の中で無心に身体を動かすことに安らぎを感じていたからだ。

突堤の上の予想通り、与吉は消波堤の左横を回り養殖筏を目指していた。静浦沖での筏は真鯛やハマチの海面養殖用が多いが、視線の先にあるのも真鯛用であった。

消波堤を過ぎると与吉のピッチは少し下がった。波が頭をもたげて抵抗となったからだ。凪と言っても、消波堤の先では、西風にくすぐられるように縮れた海面が身体を打つ。その小さな波の間に差し手を潜り込ませ、身体をローリングさせながら与吉はゆっくりと進んだ。

決まって右方向へ上げる息継ぎのための顔に、午後の陽光が弾けるように輝く。一瞬の視線の先には、牛臥山《うしぶせやま》の右に顔を見せる富士山の白い頂があった。

もう六月の半ばだというのに、今年の富士山は頂上に雪を抱いたままだ。記録的な寒さが続いた冬の名残なのだろう。

白い浮きがはっきりと視線の端に入り、養殖筏が近づいてきた。もう三十メートルもないだろう。少し疲れがたまってきてはいるが手足の動きは重くない。

「よし、あとひと息だ」と頭の中で呟きながらピッチを上げたとき、与吉の右足に異変が生じた。ふくらはぎのあたりが突っ張ったのである。こむら返りだ。若い頃にはめったに起こらなかったこの現象も、最近ではちょくちょく現れる。そのためこんなときの対応には慣れていた。

立ち泳ぎに変えながら、片手でつま先を引き寄せて収縮した筋肉をゆっくりと伸ばすのだ。これを何回も繰り返し、少し治まったところで、突っ張った足をなるべく使わないようにしながら再びゆっくりと泳ぎだした。

ようやくのこと養殖筏にたどり着いた与吉は、両手に渾身のちからを込め、筏枠の上に身体を引っ張り上げた。そして右足を海中から引き上げると両手で揉みほぐした。しかし症状は治まらない。

やわらかな西風が赤銅色の肌を撫でながら通り過ぎていく。御用邸の方向に目を遣ると、数人のウィンドサーファーが西風を受けながら、思い思いの方向にサーフボードを走らせている。今日のように風が弱い日はセイルの操作が難しく、どの艇も苦労しているようだ。

いつもであれば、御用邸の海は西風が強くウインドサーフィンのメッカとなる。色とりどりのセイルが蝶のように乱舞し、海岸にいる人の目も楽しませてくれる。

三十分近くが過ぎたころに、ようやく右足の緊張がとれてきた。膝を何回か屈伸させてみる。大丈夫のようだ。与吉はゆっくりと筏の上に立ち大きく息を吸った。

静浦沖の養殖筏は数が少ない。多いのは内浦湾で、淡島の先は筏に埋め尽くされている。この辺りは半島や島に囲まれ海が穏やかで、筏の設置や保全がやりやすいだからだ。一方静浦沖は、駿河湾奥にあっても強い西風を遮る物がなく、筏の取り扱いが難しい。それでも、何基かは見ることができた。

陽はだいぶ西に傾いていた。もう四時を回っているだろうか、与吉はちらりと空を仰ぐと両足でちからいっぱい筏を蹴った。帰りは風の抵抗を受けないだけ泳ぎやすかった。まだ少しばかり違和感が残る右足をいたわりながら、ゆっくりと両手を掻く。

消波堤が近づいてきた。そこを過ぎればすぐに港の中だ。湾内に入れば波もなく、一気にスリップへたどり着くことができる。

スリップとは船の陸揚げ用傾斜地のことで、修理などの場合にこの傾斜を使い、ウインチで船を引き揚げたり着水させたりする。与吉はいつもこのスリップから海に入った。着替えをする網小屋から近いからであった。

息継ぎのため海面から上げる目に、突堤の釣り人たちが映った。この場所は釣りの人気ポイントのひとつなので、風雨の日でなければたいていは数人が糸を垂れている。その中には与吉の顔見知りもいて、ときどき声を掛けたり手を振ったりしてくれた。

先ほど沖へ出るときには、顔を反対側へ向け通り過ぎたので目に止めなかったが、いまは遠目ながらしっかりと彼らが視界の中にあった。

右足の違和感は依然としてあったが、与吉は少しピッチを上げた。よたよたと泳ぐ姿を見せたくなかったからである。しかしアクシデントはその直後に起きた。再びこむら返りが同じ右足を襲ったのだ。それも先ほどよりも強烈に。

思わず右手を、激痛を伴って突っ張った足に伸ばす。その途端に身体が沈んだ。もう一方の手で懸命に水を掻くが体勢が戻らない。海水が、慌てて吸い込んだ空気とともに喉元へ入ってきた。むせた。何回も。

消波堤が間近になると与吉は冷静さを取り戻した。片手で水を掻きながら、仰向けになり海面に身体をゆだねる。こんな場合には、この姿勢が最も安全なのだ。

しかし、疲労は息苦しさと共に身体全体へ広がり、手の動きを緩慢にさせた。海水を飲んだことも影響しているようだった。

何回か水を掻いたところで、片手がやっと消波堤に届いた。満潮に近いことが幸いして、堤の上面と海面の差は小さい。与吉は両手をコンクリートに突き立てるようにして、疲れた身体をゆっくりと引き上げた。

いままでにも、泳いでいて足がつったことは何回もあった。しかし、今日のように強烈な症状は初めてであった。それに、回復力も確実に衰えている。疲れもひどい。やはり、歳のせいで体力が衰えてきたのだろう。

考えてみればもう七十歳を大きく回っているから、体力が低下するのも無理はない。同い年の仲間はもう何人かが鬼籍に入っているし、背中を丸めてよたよたと歩いている連中も多い。それを思えば、自分は極めて元気な部類に入るのだろう。しかしそれだけに、いま我が身に起きている状態はショックであった。

風が少し強くなってきたようで、消波堤の内側にもさざ波が立ち始めている。瓜島の先、愛鷹山の上から顔を覗かせていた富士山もぼやけてきた。

与吉は突っ張ったままの右足を消波堤の上に伸ばすと、両手で足先を摑み引き寄せた。これを何回も繰り返す。痛みは少し和らいできたが、まだ泳げる状態にはない。

そのとき、突堤の上の釣り人のひとりが、いつもと違う与吉の様子に気がついた。

「おい、見てみろや。与吉っつあんの様子がおかしいぜ。さっきから消波堤の上に座ったまんま動かにゃあよ」

「どれ、どれ、あぁ、確かに変だ。いつもはあんなところで一休みしにゃあのになぁ」

「そう、うつむいたまま動かんけ、ありゃー普通じゃにゃあよ、何か起こったんだ、きっと」

「そうだら、皆で呼ばってみようや。ちょっくら遠いけ聞こえるかどうかわからにゃぁが」

「わかった、どんな反応があるか呼ばってみるべぇ」

与吉は、背後から聞こえるかすかな叫び声に気がついた。振り返ると、突堤の先端で手を振る人影が見えた。彼らが何を騒いでいるかすぐにはわからなかったが、しばらくするとその叫び声の切れ端が聞きとれた。どうも「大丈夫か」と訊いているようで、こっちを心配してくれているみたいだ。

与吉はまずいと思った。あいつらの前に自分の弱さがさらけ出されてしまうのではないかと、こころの隅がうろたえた。七十歳を過ぎても頑健な身体は与吉の誇りであったから、そのほころびを第三者に指摘されるような状況には耐えられないと思った。

どう応えたらいいか迷った。言葉で返しても、その意味がはっきりと届くのかはわからない。ジェスチュアーで伝えるにしても、どのように表現すればいいのかわからない。とにかく「自分は大丈夫だから、要らぬ心配をするな」と判らせたいのだ。

思いあぐね俯きながら首をかしげる与吉の姿に、突堤の上の人たちはさらに反応して声を張り上げた。あきらかに異常な状況だと見てとったようだ。

だが、その叫びが耳に届いた途端、与吉の意識はふーっと宙に飛んだ。いきなり頭の中が空白になったのだ。何も聞こえなかった。何も見えなかった。いや、音も色も耳や目を通して脳にまで達していたが、処理ができなかったということらしい。なぜそうなったかはわからない、と言うか、そんな不可解な状態さえ、与吉の意識の中にはなかったのだ。

しばらくして、それは一分か二分の間だけであったが、与吉の感覚は戻った。再び突堤に目をやると、そこには先ほどとは違う光景があった。人影が倍近くに増えていたのだ。

瞬時に状況が大きく変化していた。いつのまにあの人たちは増えたのだろう。与吉の頭は混乱した。

実際には、突堤の先端での騒ぎを聞きつけたまわりの釣り人たちが集まったのだが、与吉にはそれが瞬時の変化に映ったのである。つまり、実際の時間の変化と与吉の意識の間にギャップが生じていたのだ。

言いようのない不安が与吉を襲った。奇跡でも起こらないかぎり、物理的な状況が一変することは考えられない。

もしかすると、どれくらいの間かはわからないが、自分は意識を失っていたのか。考えたくはないが、それしか答はない。頭の中心をボケという言葉がよぎる。与吉は思わず身震いした。

再び、突堤の上から放たれる叫び声が耳に入り込むや、与吉の身体が反射的に動いた。すっくと立ち上がると、正常な左足で消波堤の端を蹴ったのだ。

波しぶきが上がり、水中に隠れた与吉の身体は、数メートル先の海面に黒い塊となって浮かび上がった。それを見た突堤の上の人たちは一瞬静まり返ったが、すぐにどよめきへと変わった。

与吉は両足にはちからを入れず、両手を懸命に海面へ突き刺した。右足には依然として痛みがあり、無理に水を蹴れば再び強烈な痙攣が襲うに違いない。ここは上半身だけでスリップまで何とかたどり着こうと思った。そんな姿であれば、弱みをさらけ出すこともない。

ようやくのことで水際までたどり着いた与吉は、這うようにして斜面に身体を引き上げると、ふり向きざま突堤の先端に向かって片手を上げた。それは、自分の健常ぶりを示し、衰えを隠すためのパフォーマンスであった。

突堤の上に歓声が巻き起こった。それを無視するように与吉は背を向けた。すると眼の端に小さな人影が。手を振りながらこちらへ駆けてくる。赤いシャツに白い帽子が網小屋の色あせた褐色の屋根を背に踊る。

与吉は片手で顔を拭うと目を凝らした。ぼやけていた輪郭が焦点を結び頬が緩んだ。孫の拓哉だった。

「ジイジの帰りが遅いからみんな心配してただよ」と、そばへ駆け寄った拓哉が息を弾ませながら言った。

「なあに、大丈夫さ。あんまりいい天気なもんだで、筏の上でのんびりしてたさ」

与吉は伸びをするように両手を突き上げながら、ゆっくりとした口調で答えた。この日、自分に起きた現象を家族には知られたくなかったから、拓哉の前ではことさら元気を装ったのであった。

それから一か月の後、拓哉が学校から帰ると母の芳江が玄関へ走り出てきた。顔面が蒼白だ。

「ジイチャンがまだ戻ってこんのよ。いつもだったら、遅くても昼までにゃ戻ってくるけが」

芳江の上ずった声が緊迫した様子を表していた。朝早く漁に出た与吉が午後になっても戻って来ていないというのだ。

与吉はよほど海が荒れていないかぎり漁に出る。船は三トンの小型で一本釣り専門であった。相手はほとんどがカサゴやイサキで、獲物は船倉にある生簀に入れ、生きたまま近所の民宿や食堂に引き取ってもらっていた。

「さっき善三さんにも相談して漁協に連絡してもらったけが、まだどうなったかわからんのよ。善三さんも無線で呼び出そうとしてくれてるんだけが、何も応答がないんだって。今日は海も荒れておらんし、どうなったんか心配で」

善三は与吉の昔からの漁師仲間で、三軒ほど東に住んでおり、普段は家族ぐるみのつき合いをしている。

無線の応答がないという状況は、与吉の身に何か不測の事態が生じていることを想像させ、二人は顔を見合わせ立ちつくした。

初夏の日差しが、玄関先に置かれてあるいくつもの植木鉢に反射してキラキラと輝く。道を挟んで建つ家並みの向こうには、さらに数本の道路を隔てて港が広がるが、この時刻になると荷揚げも終わりそこは静寂に包まれている。そんな空気を打ち破るものと言えば、ときどき通り過ぎる車だけだ。

「父ちゃんは？」

拓哉が母の顔を覗き込むようにして言った。父には連絡してあるのかと訊ねたのだ。

拓哉の父、洋一は沼津の北部にある建設会社に勤めていた。与吉は洋一に、漁師の息子だから漁師を継がせたいとは最初から思っていなかった。

この辺りの零細な漁業では、もう飯が食えなくなっていたからである。その大きな原因は乱獲による漁獲量の減少にあり、小魚まで一網打尽にしてしまう底引き船に起因していた。

「うん、連絡してあるよ。できるだけ早く帰るって言ってたけが、いまマンションの仕上げで追われとるもんだで、すぐに帰れるかどうか」

芳江は目を宙に這わせながら小さくため息をついた。拓哉もどうしたらいいかわからぬまま母の顔を見つめた。

ある大きさ以上の漁船には、無線設備の設置が義務付けられているから、当然与吉の船にもある。それが機能しないなんてことはあり得ない、故障でもしていなければである。

それに、たとえ無線が故障していても、朝早くから漁に出る与吉は遅くとも昼前には港へ戻るから、今日の状態はまったく異常としか思えなかった。

最悪の場合は悪天候による船の転覆だ。しかし凪だからそれはあり得ない。後は他の船と衝突した可能性だが、そんなことが起きれば相手の船からの連絡があるはずだし、快晴で視界良好の今日であれば目撃情報だって必ずある。母と子は、与吉の身に何が起こったかわからぬまま困惑するしかなかった。

鋭さを増した六月の日差しが、道路沿いに並ぶ家々の上で弾かれ、わずかに雲を漂わせた青い空へと散っていく。潮の香りを乗せたそよ風は、幾本もの道を越え二人の頰をそっと撫で通り過ぎていく。

「母ちゃん、とにかく港へ行ってみようじゃ」

重苦しい空気を打ち破るように拓哉が口を開いた。ここでこうしていても仕方がないことは明らかだったから、芳江も即座に承知した。

「まだ、連絡がつかにゃあよ。だけが、俺からも仲間の船に無線で伝えて探してもらっとるし、漁協の方も手を打ってくれとるから何とかなるさ。今日はウラ潮だけ、沖に出てる船に西の方も見張ってもらうよう無線で頼んでくれたそうだ。手は打ってあるけ、そのうちにひょこっと戻ってくるさや、きっと」

船の艫に立った善三が潮枯れ声を張り上げた。岸壁から船へと伸びるもやい綱が張りと緩みを繰り返しながら、海面に影を落としている。芳江には、善三の言葉が慰めであることはわかった。事態はまだ何も変わっていないのだから。

「すまにゃあねぇ、善さん、とんだ迷惑を掛けちまって」

心配を仕舞いこみながら、芳江が両手を口に沿わせ叫ぶと、善三は「なあに、いいってことよ、与吉っつあんのこんは、俺のこんと同じだで」と、少し口元を緩めながら声を高めた。

ウラ潮というのは、駿河湾を北の方へ流れる潮のことである。一方、南に流れる潮はニヤ潮と言い、気象条件によってこれらの流れは変わる。ウラ潮もニヤ潮もこの地域独特の言葉のようで、よそではあまり聞かない。

そのとき「おら、ちょっと見てくる」と言い残し、拓哉が突堤の方へ駆けだした。先端に立ち祖父の船影を探すつもりなのだろう。

与吉がいつも船を出す場所はわかっていた。静浦から淡島にかけての沖である。沖と言っても岸からおおよそ一キロメートルぐらいだ。この範囲であれば、望遠鏡を使えば船影を捕まえることができるし、誰の船であるかも確認できる。しかし、善三の首に虚しくぶら下がっている双眼鏡は、いまのところまったく役に立っていない。

今日の空はところどころに薄い雲を漂わせているが視界はよい。淡島の岸に建つホテルの白い姿が島の緑を背景に映える。三津《みと》の海岸から島へと渡るロープウエイの索線も、はっきりと目に捉えることができる。

淡島の向こうには長井崎が海に向かってせり出し、その背後からは伊豆半島の背骨が南へ向かって伸びる。いつもは強い西風も、今日はやわらかだから波も静かだ。

こんな穏やかな日に、義父はどこへ行ってしまったのだろう。視線の先に、手をかざし沖を見つめる拓哉の姿をとらえながら芳江は大きく息を吐いた。

与吉はゴリゴリと擦りつけるような音で我に返った。漁協のロゴが入った野球帽は目の前の甲板に裏を見せて転がり、強い日差しが頭頂部を容赦なく照りつけている。

船べりの向こうには、初夏の太陽を浴びて輝く縮れた海面と、その中で肩を寄せ合う無数の筏、さらにその右方にはおむすびを立てたような緑の島影。

両足を投げ出し、操舵室の側板にもたれかかっている背中が痛い。両足にもかすかな痺れが。与吉は両手を突っ張りながら膝をつき身体を起こした。南からの穏やかな潮風が短く刈り込んだ白髪を撫でて通り過ぎていく。

ここはどこだろう。目の前の景色が少しずつ記憶を手繰り寄せ、やっと自分の居場所がわかってきた。右にある島は淡島だ。そして左に伸びる岬は長井崎。その間を埋めるのは養殖筏の群。そうなるとここは？

顔を背後に向けてみる。目の前には緑の木々が。船はその間近だ。ということは、岸辺に打ち寄せられていることになる。

与吉は船べりに手をつきながら慌てて立ち上がった。ゴリゴリという音は船底を擦る岩が発したものか。

目の前の緑は間違いなく陸地だった。そうなると船は座礁していることになる。与吉は慌てて海面を覗き込んだ。ごつごつした岩が舷側を押し付けている。

何かで岩を突き離し、船を解き放たなければならない。与吉はまわりに目を走らせた。すると、操舵室の脇に立てられた数本の竿と、それと一緒にくくりつけられた一本の棒が目に入った。

「あれだ」と与吉は小さく叫んだ。その棒は突きん棒であった。突きん棒とはカジキマグロを突くための漁具で、長さが四から五メートルほどある。その先端には、燕の形をした離頭銛と呼ばれる三つの銛先が、それぞれ三本のワイヤーを介して取りつけられている。

この突きん棒をカジキマグロめがけて打ち込むと、離頭銛が食い込み、その中で楔のような形になって広がるのでしっかりと肉を掴み抜けなくなる。その後、突きん棒は引き抜かれるが、獲物に食い込んだ三つの離頭銛はワイヤーと、そのワイヤーをまとめて繋ぎとめるテグスによって漁師のコントロール下に置かれる。

カジキマグロの主な漁場は伊豆半島南端に近い神子元島《みこもとしま》から利島《としま》付近だが、駿河湾へも回遊してくることがあった。そのため、多くの船は漁のチャンスを逃がさないように突きん棒を備えていた。

しかし昔と違っていまは、カジキマグロの魚影を目にすることは滅多になかった。乱獲によって、餌となる小魚が減ってしまったことが大きな原因らしい。それでも多くの漁師は、依然としてこの突きん棒を船に載せていた。もしかして訪れるかもしれないチャンスを逃がさないためであった。

突きん棒を手にした与吉は渾身のちからで、船べりの下の岩を繰り返し突いた。しかし船は揺れるだけで動こうとはしない。船底を擦る音が虚しく響くだけだ。

ひと息つこうと与吉は突きん棒をたぐり上げ、眼前に突き出た緑の塊に目を移した。もしかしたらと思った。

左手には重須《おもす》の入江、右手には長井崎。あぁ、目の前にあるのは弁天島だ。船はこの島の荒磯に乗り上げているのだ。

与吉にとって弁天島は思い出深いところであった。やはり漁師であった父の繁蔵から、戦争末期にこの島が果たした役割について何度も聞いている。

弁天島は、いまでは長井崎の根元と陸続きになっているが、当時は陸と桟橋で結ばれた島であり、そこには帝国海軍の特殊潜航艇である海竜の爆薬庫が隠されてあった。

ここ重須も、この地より北に位置する江浦《えのうら》や多比《たび》、馬籠《まごめ》、口野、重寺《しげでら》などと並んで、特殊潜航艇の基地であった。

記録によると、これらの基地には回天や震洋、蛟竜そして海竜など、多くの特殊潜航艇が本土決戦に備えて格納されていた。いずれの潜航艇も、敵艦に対して魚雷か体当たりで攻撃を行うために作られたと言われている。しかし実際に出撃することがないまま終戦を迎えている。

重須の特殊潜航艇基地について、与吉は父から折に触れ話を聞いていた。海岸近くの山際には四つの格納用洞窟があり、そこから引き出された海竜は、斜路と呼ばれる導入路を通って海へと下ろされたという。

繁蔵は海竜の乗員ではなかったが、洞窟掘りのため徴用されたと聞いていた。そんな経緯があって、与吉も重須には父の面影と重ねた強い思いがあった。

その重須に、いまなぜ自分がいるのか与吉にはさっぱりわからなかった。港を出た後、淡島の沖で糸を垂れ、イサキとカサゴを十数匹釣って港へ戻ろうとしたことまでは憶えている。しかし、気がつくと目の前にあったのは弁天島であった。

もちろん、ここへくる意思などまったくなかった。それなのに、なぜ自分はここにいるのか。与吉は突きん棒を片手に立ちつくした。

見上げると、弁天島の上から伸びる松の枝越しに、ところどころに薄い雲を漂わせた青い空が。目の端から入り込んでくる長井崎の新緑がそれに続いて輝く。

与吉はふと、一か月ほど前に消波堤の上で意識が遠のいたことを思い出した。あのときはほんの短い間であったが、自分がどうなったのかまったく記憶がなかった。今回も同じ状態なのだろうか。いや違うと思う。記憶が欠落した時間があきらかに長いのだ。

釣果を確認して港へ戻ろうとしたのが、十時ごろだったと思う。しかしいま、操舵室にある時計は午後二時を回っているから、そこには四時間にも及ぶ意識の空白があったことになる。

与吉の頭を不安が襲った。脳に異常が生じたのかもしれない。慌てて突きん棒を甲板に置き、両手両足をぶるぶると振ってみる。しかし左右のバランスに悪さはないし違和感もない。次に両手を前に突き出し指を同時に閉じたり開いたりしてみる。大丈夫だ、両手の動きに差はない。どうやら脳の異常ではないようだ。与吉はふーっと息を吐いた。

しかしすぐに次の不安が頭を襲った。老人の行方を尋ねる同報無線の音声が耳の奥で鳴った。もしかしたら、もしかしたらボケが来たのかもしれない。

源平の顔が目に浮かんだ。徘徊でもう何回も同報無線のお世話になっている同級生だ。その都度、家族は右往左往し警察の手も煩わせている。与吉は、尋ね人の音声を聞くたびに、あんな無様な状態にはなりたくないとこころの底から思った。

自分の両親もボケることなく人生を全うした。妻の多恵も乳がんが全身に転移し苦しみながらも正気を保って世を去った。だからと言って、自分もボケないという保証はどこにもない。

与吉は両手で顔をぴしゃぴしゃと叩いた。そうすることで、押し寄せる不安を追い払いたかったからだ。額や首筋からはじっとりと汗がにじみ出し、口の中はからからだ。気を落ち着かせようと操舵室にあるマグボトルに手を伸ばす。すると、再び時計が目に入った。

そのとたん、再び強い不安が呼び起こされた。普段であれば遅くとも十一時には港へ帰っているのに、いまはそれを三時間も過ぎている。こんな状態の中で家族が心配していないはずがない。もしかしたら同報無線のお世話になっているかもしれない。いやそれはないだろう、陸にいないのははっきりしているのだから。

いまの時間だと、家にいるのは嫁の芳江と、もしかしたら拓哉も学校から帰っているかもしれない。思いあぐねた二人が漁協に相談していることもあり得る。そうだとしたら港は大騒ぎになっているのか。与吉の不安はさらに広がった。

ここは一刻も早く無事であることを連絡しなければならない。急いで無線機のマイクに手を伸ばした与吉はおやと思った。なぜか無線のスイッチが切られている。

ついさっきまで仲間の船と交信していたのに。いや、ついさっきというのは間違いのようだ。少なくとも港へ帰ろうとしていた十時ごろまでは、スイッチはオンのままだった。

船舶無線は、天候や海の状況、それに漁場の情報のやりとり以外にも頻繁に使う。仲間同士のコミュニケーションのツールとしてである。夜の飲み会の段取りや仲間の浮いた話、それにパチンコ店の出玉情報までもである。今朝も喜八とはカラオケの話で盛り上がったし、市ちゃんとは持病の話題に花が咲いた。

しかし、いま目の前にあるスイッチは切られている。誰かが操作したことはあり得ないから、それは自分しかない。

与吉は背筋が凍りつくような感覚に襲われた。自分の行為が記憶からすっぽりと抜け落ちているのだ。四時間もの間、自分はいったい何をしていたのだろう。

やはりボケが始まったのだ。ボケの初期症状は、直近の記憶が剥げ落ちることだとテレビの健康番組で見たことがある。まだらボケという症状である。それがいま自分に始まったのかもしれない。いやきっとそうだ。

いままで健康には自信があった。まわりからも、与吉っつあんは丈夫でしっかりしていると言われていた。それが自分の誇りであったし優越感でもあった。毎日泳ぐのもそれを誇示したいということろの内があったからだ。

しかし、それがいま崩れようとしている。壊れかけた自分がさらけ出されようとしている。与吉は握りしめた両こぶしを震わせながら「うおー」と叫んだ。

さまざまな思いが飛び交った後、与吉がひとつの結論に達した。

どんなことがあっても、惨めな自分を隠し通さなければならない。いままで通りの丈夫でしっかり者の与吉を見せなければならない。そのために、この四時間を超える空白をどうやって埋めるか。

波打ち際の線が上がり潮が満ちてきた。与吉はいまだと思った。急いでつきん棒を手にとり、船べりの下の岩を思い切り突いた。動いた。船がどうにか岩場を離れたのだ。

エンジンを始動させ安全な深みへ船を移動させると、与吉は無線装置の裏板を外し配線の一本を緩めた。装置の故障に見せかけるためである。スイッチのオンオフ操作を二三回くり返し無線の不通を確認すると、与吉は舵を右いっぱいに切り、スロットルを全開にして港を目指した。


与吉の船を最初に見つけたのは、突堤の先端に立ち続けていた拓哉であった。その叫び声に芳江も善三もすぐに反応し、突堤へと走った。白波をかき立てながら、猛スピードで近づいてくる姿はまぎれもなく与吉の船であった。汽笛が二度三度と鳴った。無事の知らせであった。

漁協の人たちも加わった輪の中で、与吉はまだ収まり切らない不安を押さえながらいきさつを説明した。エンジンが突然停止してしまったこと、無線も不通になったこと、そして船が潮に流されて弁天島の磯に乗り上げてしまったことを、沈痛な表情を装いながら話した。

まわりの人たちの間には小さなざわめきが広がった。

「エンジンと無線が同時に故障するなんてめずらしいこんだよな。そんなこんは滅多に聞かにゃあぜ」

ざわめきの間から声を上げたのは長老格の倉崎さんだった。それに数人が追随して「そうだよな」とつぶやくと、与吉は口元を歪めた。

とにかくここは何としてもしらを切らなければならない。そう自分に言い聞かせながら与吉は「オラだってこんなこんは初めてさ。だけが、ほんとうにそうなったんだから仕方にゃあよ」とひときわ大きな声を張り上げた。声の大きさで真実らしさを強調したかったからである。

与吉の勢いにその場は一瞬静まり返ったが、しばらくすると倉崎さんが再び口を開いた。

「エンジンが直ってよかったよなぁ、与吉っつぁん。だけが、一度専門屋に見てもらった方がいいぜ。また、故障したら困っから」

矛を収めたような言葉に、与吉は少しばかりほっとしながら「うん、そうするだよ。無線機も直してもらわにゃあならんけ、この際、総点検してもらうつもりだ」と、はっきりとした口調で答えた。

倉崎さんが大きくうなずくとその場の空気はすうっーと緩み、それぞれが顔を見合わせながら

「弁天島までは目がいかなかっただよなぁ」

「そうそう、今日はウラ潮だけ西にばかりに目がいっちまってさ」

「捜索願を出す前でよかったよな」

と囁き合った。

瓜島の左上方から差す午後の太陽が人たちの顔に反射して輝き、その上を数羽のウミネコが舞う。漁を終えて岸壁に係留された船が小刻みな波を受け、思い思いに揺れて、港がいつもと同じ空気に戻る中、母と子はかすかな不安をしまいこみながら、ふっと息を吐いた。

「やっぱり、携帯があればよかったのにね」

拓哉が母に囁いた。携帯があれば無線機が故障しても連絡をとることができるから、今日のような大きな騒ぎにはならなかったはずだと拓哉は思った。

「そうなんだよね、でもジイジはどうしても受け付けにゃあから」と芳江は小声で言葉を返した。いままで何回も携帯を持つよう家族は与吉に勧めていた。しかし答えはいつもノーであった。返事は決まって「あんなめんどくせえ物はごめんだよ」のひと言であった。

その夜、再びその勧めは一家あげて与吉に向けられた。しかし与吉の首は縦に振られなかった。

翌日、与吉は漁を休み、沼津港の近くにある小さな造船会社に点検を依頼した。そんな必要はまったくなかったが、自分の言い訳を繕うためにやらざるを得なかったのだ。

点検はその次の日に行われたが、当然ながらエンジンからは何の異常も発見されなかった。問題が指摘されたのは無線機の方で、配線の緩みが報告されその場で締め直されたが、与吉はうしろめたい気持ちを押さえ込むのに苦労した。

漁はその翌日から可能であったが、与吉は港へ行っただけで船を出すことはなかった。あの日の再来が怖かったからである。また同じ状況になったら、今度は前のような言い訳は利かないから、自分の異常がさらけ出されてしまうことになる。そんな事態はどうしても避けたかった。

家族には、急に腰に痛みが走ったからと言い訳した。痛みは本人だけにわかることで、外からは窺い知ることができないから打ってつけの理由であった。

同じ理由で泳ぎも休んだ。一か月ほど前に経験した意識の欠落が頭をよぎったからだ。それはごく短時間ではあったが、弁天島の件と重なって心配を呼び起こしていた。

その翌日も翌々日も、与吉は早い朝食を食べ終わると軽トラを運転し港へ行った。その時間だとほとんどの船は漁から戻っていないから、船溜まりに残っているのは数隻しかない。

そんな中、与吉はもやい綱を手繰り寄せると船へ飛び乗り、エンジンを始動し漁具を点検した。懸念がなくなれば、いつでも出港できるようにとの思いからであった。

船溜まりの奥の、高さ五メートルにも及ぶ防潮堤の下端には、漁具の間にいくつもの椅子が置かれていて、年寄りの溜まり場となっている。

ここへは朝の九時ともなれば年寄りたちが集まってくる。ほとんどが漁師を卒業した連中であった。思い思いの椅子に腰を下ろした彼らは雑談を始める。話題は多彩で、テレビの話から始まって集落の出来事や仲間の情報に花が咲く。そして最後は昔話で終わるパターンが多かった。この自由な会合は午前十時ごろにいったん終息するが、夕方になると再び開かれる。

与吉は、漁に出てしまうので朝の会合には加わったことはないが、夕方にはときどき顔を出していた。しかしここ数日は、朝から彼らと顔を合わせることになってしまっている。

与吉の行方がわからなくなった先日の事件は、すでに格好の餌食になっているらしく、船溜まりに顔を出すたびに寄っていくよう誘われた。エンジンと無線機が同時に壊れた不自然さを追及するために、本人から状況を聞き出だそうとしているのだと想像できたから、与吉は断り続けていた。

依然として与吉の頭を占めていたのはボケ、つまり認知症であった。二度にわたる記憶の空白は、この病気の初期症状であるマダラボケではないかと恐れたのだ。

徘徊で集落を騒がせている源平も、最初は自分の行為をときどき忘れてしまう症状から始まったと聞いている。まさにいま自分に生じている状況と同じだ。いずれはあぁなってしまうのかと思うと背筋を寒いものが走った。

頭の隅から始まった破壊は、やがてその範囲を広げて全身の制御機能を奪い取ってしまう。そんなプロセスが自分の体内で始まったのかもしれない。これが現実ではなく、一時の狂いであってほしいとこころから願うが、恐怖はなかなか消えてはくれない。

大食いの与吉であったが、あの日以来食欲も落ちていた。その一方で酒は飲んだ。酔うことで恐怖から逃れたかったからだ。しかし朝になると、昨夜、酔った後の記憶が途中からすっぽりと抜け落ちてしまっていることが何回かあり、それからは不安に駆られ飲むのをやめた。

深酒をした後の記憶が失われることは昔からあったし、仲間の間でもごく普通に起きる現象として話題になっていたから、異常な状況ではないと思ってはみたが、どうしてもあの出来事と結びついてしまったのである。

そんな与吉を家族は心配した。もちろん、こころの内までは見えないから、腰のほかに、どこか体の具合が悪いのではないかと気を揉んだのだ。

それと、ときどき考え込む素振りを見せる与吉の様子に、家族は捉えどころのない不安を感じた。

これらの異常は、先日の行方不明事件をきっかけに始まったのだから、あのとき何かが与吉の身に起こったのは確かだと皆が思った。

そんな状態で十日が過ぎた。しかし与吉の身にもこころにも、再び異常が起きることはなかった。さらに四日が過ぎると彼の心配は少しずつ薄らいでいった。

その次の日、与吉は泳ぎに出ることを決めた。自分が正常であることを確かめたかったからだ。いままで起きた二度の現象が一時的であることを、自分自身に言って聞かせたかったからである。与吉の決心を家族は喜んだ。拓哉もいつものジイジが戻ってきたことをうれしく思った。事実、食欲も出てきたし晩酌も再開されていたから体調の回復は明らかであった。

翌日の午後、網小屋の前に水泳パンツひとつの与吉の姿があり、その脇には、釣竿とコマセの入った手提げバッグを持った拓哉がいた。義父を心配した芳江が、昨日から夏休みに入った拓哉をそれとなく見張り役につけたのだった。与吉が海に入っている間、拓哉が突堤の上で釣り糸を垂れ様子を見ることになっていた。

拓哉には携帯を持たせてあるので、与吉に何か異常が発生すれば直ちに連絡が取れることになっていた。

今日の海も穏やかだ。陽光を弾くさざ波の向こうには、蛇の鎌首を伸ばすようにせり出す突堤があり、今日も数人の釣り人が思い思いの恰好で糸を垂れていた。

突堤と瓜島の開口部には、あの消波堤と養殖筏が重なり合うように見え、さらにその先を一隻の白とブルーに彩られた船が、白波をかきたてながら進んでいく。沼津港から出て三津の沖を回る遊覧船だ。

一か月半ほど前に、消波堤の上で一時的に意識が飛んでしまった後も、与吉は不安を抱えながら泳ぎは続けた。急にやめることがまわりからは不自然に見え、体調の異変を疑われることにならないかと心配したからだ。

しかし、消波堤の上での出来事が嘘であったように異変は起きなかった。日を重ねるごとに不安は薄らいでいき自信が蘇った。それが、あの弁天島での一件で脆くも崩れ去ることになったのだ。


与吉は、スリップの水際に立ち大きく息を吸った。もう半月以上も海に入っていなかったし、しばらく漁も休んでいたので身体はなまっているだろう。だから今日は慣らし運転のつもりでゆっくりと泳ごうと決めていた。

スリップを降りるに従って上がってくる海水を、両手で掻くように進んだ与吉は、水際の拓哉をふり返り片手を上げた。

本当のところ拓哉も一緒に泳ぎたかった。浜の子らしく水泳は得意で、学校で行われる遠泳でも常にトップグループにいたからだ。でも今日は、母から陸で見張るよう命じられていたのでそうはいかない。一緒に海へ入ったのでは、与吉に異常が発生したときの連絡手段がないからだ。

拓哉は残念な思いを仕舞いこみながら「ジイジ、気をつけて」と両手を口に当て叫んだ。

そろりと身体を投げ出した与吉は、水が肌に浸みこんでくる感覚に包まれ思わず微笑んだ。口を濡らす潮の味も気持ちを引き締めてくれた。

抜き手の向こうには、御用邸の緑と午後の日差しを弾いて鈍く輝く牛臥山が見え、さらにその右にはもうすっかり雪を落とした富士山が、愛鷹山の向こうに頭を覗かせている。

与吉は久しぶりに自分の居場所へ戻った気持ちに包まれながら、ゆっくりと水を蹴った。

泳ぎだす与吉を確かめた拓哉は突堤の上へと急いだ。そこで糸を垂らしながら見張るためであった。

突堤の先端にはいつものように数人の釣り人が竿を振っている。拓哉はそこから少し離れた場所に立ち与吉の姿を探した。いた。突堤の先端と瓜島の間を、沖に向かってゆっくりと泳ぐ与吉の姿が目に入った。

「おぉ、見ろよ、ありゃ与吉っつあんじゃにゃあか。しばらく見なかったけが、相変わらず元気じゃ」

「あぁ、そうだ、相変わらずだ」

「呼ばってみるべえか」

「そうするべえ」

その声に気がついた与吉が片手を上げて応えた。半月ほど前の状態と同じだ。うれしかった。

その光景を目にして拓哉もうれしかった。元気になったジイジが目の前を泳いでいる。赤銅色の上半身が水を弾き輝いている。

しばらくして、与吉の手が消波堤の縁に届いた。一か月半前に突っ張った右足にも異常はなかった。久しぶりの泳ぎだが疲れはほとんど感じなかった。与吉は両手で身体を支えながら消波堤によじ登った。

南からの風が心地よい。さざ波が、半分ほどまで海水に浸かった脚にまとわりつき、碧い光のかけらを撒き散らす。

突堤の方向を見ると拓哉が手を振っている。何かを叫んでいるようだが聞こえない。きっとこちらの様子を心配しているのだろう。与吉は立ち上がって両手を振り大丈夫であることを伝えた。拓哉も手を大きく振り応えた。突堤の先端にたむろする人たちは思い思いの方を向き、もうこちらには関心を示さない。

与吉は空を見上げ大きく息を吸った。沼津アルプスの向こうから湧き立つ入道雲が、青い空の領分に広がっていく。

久しぶりの泳ぎであったが、疲れはそれほど感じなかった。今日は消波堤で引き返すつもりでいたが、これなら筏まで行けると与吉は思った。そうすればいつものコースと同じだ。

この調子で泳ぎ切ることができれば体調が元に戻ったと言える。与吉は消波堤の上にゆっくりと立ち上がり「よし」とつぶやくと、頭から水に飛び込んだ。

養殖筏の上で十分ばかり休んだ後、与吉は消波堤を目指して泳ぎ始めた。右足に違和感はまったくなかった。この調子なら、消波堤で一休みしなくても岸まで泳ぎ切ることができると思った。

瓜島と突堤の間にさしかかると、再び釣り人たちが手を振り歓声を上げた。片手を上げそれに応えると、与吉はまっしぐらにスリップを目指した。

スリップではいつのまにか突堤から戻った拓哉が待っていた。身体から水を滴らせながら波打ち際に腰を下ろすと、拓哉もその横に座った。

「もう、いつものジイジだね」

拓哉が声を弾ませて言った。泳ぎ終わった後の体調も悪くなかった。これで何とか元気な自分をとり戻せることができたと思うと、胸の内が熱くなった。

「どうだ、釣れたかや？」

与吉は拓哉の顔を覗き込み訊ねた。

「小さいけが、メジナが一匹だけ」

「どれどれ、見せてみろや」

拓哉が差し出した保冷バッグの中を覗き込みながら、与吉は「おぉ、けっこう大きいじゃにゃあか、よし、今夜は煮つけで一杯やるかな」と声を高めた。

陽光を散らしながら、小さな波が二人の足元で小刻みに跳ねる。御用邸の沖には、今日も風を捕まえようとする多くのサーファーの姿が逆光の中に見え、その先にうっすらと弧を描いて伸びる緑の帯は千本浜だ。午後の光は束になってさらに東へと伸び、瓜島の上から淡島に白い輝きを降り注ぐ。

その光の中で、拓哉は祖父の姿に頼もしさを感じた。半月ほど前の出来事に端を発した危惧は杞憂だったのか。目の前の姿を見ている限り、異常な様子は何も感じ取れない。拓哉は祖父の横顔を見ながらほっと息を吐いた。

その翌日から、与吉は以前と同じように漁に出た。目指す漁場は淡島の沖でいつもと変わらない。港を出たところで善三の船が追いついてきた。

「与吉っつあん、今日からかい。元気になってよかったなあ。ここへきてあそこじゃイサキがえらいそうだから、きっと豊漁だぜ」

善三のいつもの潮枯れ声が無線から流れ出てきた。思わず胸の中が熱くなった。

今回のことで善三にはずいぶん世話になった。行方がわからなくなったときにも親身になって家族を助けてくれたし、漁を休んでいた間もタイとかカサゴなどを届けてくれた。

漁師仲間は多いが、本当に困ったときに支えてくれる存在は少ない。与吉は感謝の眼差しで善三の船を見ながらマイクをとった。

「心配かけたけが、もう大丈夫だ。ありがとな、善さん」

感謝の気持ちの十分の一も言葉に表せなかったが、与吉は善三の船に向かって丁寧に頭を下げ思いを伝えた。

善三の言葉通りイサキは豊漁だった。心配していた意識の欠落もなかったし疲れもそれほどではなかった。船倉で群れる獲物を目にしながら、与吉は湧き出る充実感に浸った。

船が港に近づくと、瓜島の沖にある養殖筏が目に入った。そのうちの一つが与吉の泳ぎの折り返し点になっている。昨日、久しぶりに筏に腰を掛け見やった御用邸の緑や富士山の姿が瞼に蘇った。もう大丈夫だ。いつもの自分に戻っている。与吉は今日も一休みしたら泳ぎに行こうと決めた。

いつものように突堤の上では、多くの釣り人が糸を垂れていた。平日なのにずいぶん暇な人たちがいるものだと思うが、これが日常の光景だから不思議だ。

スロットルを絞り船の速度を落としたとき、突堤の先端で手を振る人影が眼に飛び込んだ。それが拓哉であることはすぐにわかった。こちらの身体を心配して出迎えてくれている。思わず胸の奥が熱くなった。

与吉は操舵室から出て甲板に立つと、両手で円を作り身体を左右に大きく振った。大丈夫であることを全身で示したかったからだ。

拓哉が両手を口に添わせ何か叫んでいるが、声はまったく届かない。そこで今度は両足を相撲の四股のように何回も上下させると、拓哉は怪訝な様子を見せたが、やがて笑い転げるように体を折り曲げ飛び跳ねて見せた。

船着き場に接岸し、もやい綱をくくりつけると、拓哉が船倉からポリバケツに移されたイサキを見て歓声を上げげた。

契約している民宿に届けてもなお余るイサキは、その夜の与吉一家の食卓を華やかに飾った。食べなれた魚ではあったが、その夜の味は格別であった。

息子夫婦も拓哉も、そして小学校三年の長女千恵も満面に笑みを浮かべながら箸を動かした。箸が止まると、話題は子供たちの夏休みの予定に集まった。今年も一家でどこかへ出かけようという話題であった。

昨年は一泊で東京ディズニーランドへ行ったから、今年は大阪のユニバーサルスタジオジャパンへ行きたいというのが、子供たちの希望であった。しかしその提案は「泊まりはちょっとなぁ……」という洋一の言葉で頓挫した。

与吉を一人残して出かけることに躊躇したからだ。千恵はその言葉の持つ意味を理解できないから執拗に言い張ったが、拓哉はすぐに無理であることを悟った。結局、夏休みの行動計画は棚上げとなり、その場は沈黙に包まれた。

しかし、しばらくして「今日のジイジの踊り、最高だったよ」という拓哉の弾んだ言葉が新しい空気を作り出した。

「何、それ?」と洋一がすぐさま応じると、芳江も千恵も興味深げに身を乗り出した。

「ジイジの船が港へ入るとき、僕が手を振るとジイジは両手でマルの形を作って何回も腰を振ったんだ、こんな風に」

立ち上がった拓哉がその言葉通りの恰好で身体を動かすと、その場は笑いに包まれた。

「僕はそれが大漁の意味だと思ったから、何匹くらい釣れたのって大声で訊いたんだ。そうしたら今度はジイジ、相撲の四股を踏んだんだよ」

四股のまねをする拓哉を再び笑いが包み込んだ。

「それを見て、いつもの元気なジイジが戻ってきた思い、うれしくて飛び跳ねたんだ」

その言葉がさらに座の空気を和ませると、みんなの目が与吉に注がれた。一瞬与吉は宙に目を這わせたが、すぐに頬を緩ませ頭を掻いて見せた。

しかし、与吉の頭の中はモヤに包まれ、胸の内を例えようのない不安が襲っていた。拓哉がいまおどけて見せた光景がまったく記憶にないのだ。船が港へ近づいた後の記憶は、船着き場での魚の陸揚げに直接繋がっており、その間は完全に消え去っていた。

回復したと思っていた意識の欠落症状は、何も改善されぬまま息を潜めていたのだ。顔が青ざめるのが自分でもわかった。与吉は思わず両手で頬を叩いた。

意外な反応にその場が一瞬静まり返った。与吉は慌てて無理やり顔を緩めると「はははは」と笑って見せ「あぁ、あのときはうれしくてな。イサキもたくさん獲れたし、拓哉の恰好も面白かったけ」と口早に言った。異常を悟られることはどうしても避けなければならなかったからだ。

「久しぶりだったが、思いのほか釣れてよかったよ。ただ、カサゴがなかったのは残念だったけが」

与吉は片手で顔を拭いながら急いで話を振った。いまは一刻も早くこの空気から抜け出したかった。

「今度は僕も連れてってよ」

幸いなことに拓哉が話を繋いでくれ、与吉は胸をなでおろした。しかし家族は、与吉の状態に捉えどころのない不安を抱いた。

翌日も与吉は船を出した。そうすることで尋常な自分を示したかったからだ。漁から帰った後はいつもと同じように泳ぎにも出た。

しかしその日は拓哉の強い希望があって、二人で泳ぐことになった。祖父の様子を間近で確かめたかったからだ。もちろんそこには芳江の意思もあった。

二人が突堤と瓜島の間に達すると、それを目にした釣り人たちの間にざわめきが湧き上がった。

「おっ、見てみな、今日の与吉っつあんは子連れだぜ」

「ありゃあ、孫だ。名前は忘れたが六年生の坊主だよ、確か」

「まるで、イルカの親子が泳いでる見てえだ」

「血は争えにゃあもんだ。子イルカも達者な泳ぎっぷりだぜ」

もちろんそんな会話は、抜き手を切る二人の耳には届かなかったが、息継ぎのため上げる目には、こちらを見てざわめく人々の姿がしっかりと捉えられていた。

拓哉は誇らしかった。突堤の上の人たちの視線を浴び、祖父と一緒のピッチでしっかりと泳ぐ自分が大人になったような気がした。

養殖筏が近くなったところで、与吉が片手を上げ先方を指さした。もうすぐだから頑張れという合図なのだろう。

並んで筏の上に腰を下ろした二人の身体を、沖からの潮風が撫でるように通り過ぎていく。

拓哉は祖父の横顔に目を向けた。頬から首筋に向けて深く刻まれた皺は、赤銅色に染まった肌にいくつもの線を描きながら肩へと下りて消える。その肩から二の腕にかけて盛り上がる筋肉と胸の厚みは、肌の艶こそ失われてはいるが、強い祖父のイメージを依然として損なってはいない。

この頑健な祖父の身体のどこに、どんな異変が頭をもたげているのだろうか。先日の行方不明事件やその後の不調、そして昨夜の異常なしぐさ。腰の痛みという体調不良があったとしても、振る舞いの不自然さは疑問を生む。拓哉は、背後から陽光を浴びて鈍く光る祖父の横顔を見ながら小さく首を傾げた。

西からの風が少し強くなってきたようで、波頭が突っ立ってきた。さらに強くなるとそれが砕け白波が姿を現す。突堤に寄せる波もジグザグな線を跳ね上げながら、壁に沿って横へと走りだした。

この風は帰りには味方してくれると思いながら、拓哉が港の方向に目をやったとき、背後でドブッと水音がした。

目を向けた先に与吉の姿はなかった。泡立つ円形の波紋だけが海面に残っていた。何が起きたかわからなかった。しかしすぐに事態は呑み込めた。

海面に浮かび上がった赤銅色の人影が、抜き手を切って泳ぎだしている。港の方向ではない。人影の右手には瓜島があり、その先には御用邸の海岸が見える。

拓哉は急いで立ち上がると「ジイジ」と叫んだ。しかし応答はなく、赤銅色の塊は動きを止めない。目の前で起きた突然の出来事は拓哉を動顛させた。もしかしたら祖父は気がふれたのかもしれない。身体の中の異変が突然暴れ出したのかもしれない。

拓哉はとっさに腰の辺りをまさぐった。携帯電話を探し母に連絡しようとしたのだ。しかしあるはずがなかった。右手は虚しく空を切る。拓哉はすぐに決心した。

波間に祖父の姿が見える。はるか先だ。拓哉は懸命に両手をまわし続けた。年老いたとはいえ、泳ぎは祖父の方がはるかに上だ。このままでは追いつけるかどうかはわからない。

しかし、追わないわけにはいかなかった。全力で泳いだ。腕が疲れてきた。一瞬身体が沈み少し水を飲んだ。このままちからが尽きてしまうかもしれない。

拓哉は立ち泳ぎに変え、あたりを見回した。もう瓜島ははるか後ろだ。目の前には御用邸海岸の東端が見える。そこに向かって泳ぐ黒い影が視線の先に。ジイジだ。

拓哉は再びその後を追った。ここからは百メートルくらいか。祖父の行き着く先がわかれば全力で後を追うことはない。拓哉は遠泳の要領でちからを抜き、ゆっくりと腕を回した。

砂浜に泳ぎ着いた与吉は、なぜ自分がここにいるのか理解できなかった。身体を休めていた養殖筏は瓜島のはるか彼方だ。慌てて横を手探った。いるはずの拓哉がいない。

背筋が凍りついた。いったい自分は何をしたのだろう。思い出せない。まったく思い出せない。

再び意識が飛んでしまったのか。そうだ、間違いなくそうだ。何ということだ。自分がどんどん失われていく。自分が自分でなくなっていく。与吉は身体の血があらぬ方向へ走り出す感覚に襲われた。自分はどうなってしまうのだろう。

思わず立ち上がると、両こぶしを握りしめながら「うおー」と叫んだ。胸が締め付けられ膝が震えた。

しばらくすると、波間に漂う黒い影が視線の端に入った。もしかしたら拓哉かもしれない。そんな感覚が頭をかすめたとたん、与吉はやっと現実に立ち返った。

黒い影は波間に見え隠れしている。もしかしたら溺れているのか。まずいと思った。助けなければ。与吉は急いで波間に分け入った。

「ジイジ、どうしたの。いきなり筏の上から飛び込むんだもん、びっくりしただよ」

砂浜に並んで腰を下ろした拓哉が息を整えながら訊ねた。それは当然の質問だった。

与吉はどう答えてよいかわからぬまま押し黙った。まさか意識が突然飛んでしまったなどとは言えない。それを口にすれば、自らの異常をさらけ出してしまうことになる。ここは何とか言い繕わなければならない。

沈黙が続いた。一、二分だったか、いや、もっと長かったかもしれなかった。波が時を刻むように繰り返し二人の足元を洗う。拓哉は答を催促するように与吉の顔に視線を向けた。その額に汗が浮かんでいる。

いま、祖父はどんな思いを巡らしているのだろうか。なぜ、すぐに答が出てこないのだろうか。みんなが心配しているように、祖父の身体の中に何が起きているのだろうか。黙りこくった横顔を見つめながら拓哉は息をつめた。

「突然、昔を思い出してなぁー」

長い沈黙を破って与吉がぽつりと言った。その顔にはかすかな微笑みが浮かんでいた。

「筏の上でふと思い出したのよ、昔は御用邸の海岸の向こう端まで元気で往復したことをな。そうしたら、思わず身体が動いちまって、気がついたら水の中だったたってこんだ。拓哉のこんはすっかり頭の中になくって、ごめんな」

この話、大半はごまかしだ。そうでなければ、なぜ拓哉のことを気に掛けなかったのか辻褄が合わない。でも、これ以外に答がなかった。自分の異常な行動をとり繕う言葉が出てこなかったのだ。与吉はこの言い訳を何が何でも押し通そうと決めた。

その夜、拓哉の報告が家族を戸惑わせた。与吉が突然昔を思い出して海に飛び込んだことは、誰にもあり得ることかもしれないということで、まあまあ理解できた。

しかし、かわいい孫にも関心を払わなかったことは、どうにも理解できなかった。自分の世界に閉じこもってしまい、まわりが見えなくなっているとしか思えなかった。

それは、いままでの与吉を考えるとまったく想像できないことだった。よその祖父のように、いやそれ以上に孫を可愛がっていたのだから。

ここ一か月の内に起きた事柄から見ても、与吉には身体だけではなく、こころにも異常が生じていることを、洋一も芳江も、そして拓哉もはっきりと感じた。

そんな雰囲気は与吉にもひしひしと伝わった。自分の身体の中に生じている異常は、もはや隠しようがないのかもしれない。しかしそれを認めてしまうわけにはいかない。認めてしまえば、一気に自分が崩れてしまう。ここはあくまで平静さを装い通すしかないと与吉はこころに誓った。

翌朝、家族の心配をよそに与吉は船を出した。今日も空はよく晴れ、雲は金冠山の上にうっすらと漂うだけで富士山も頂を朝日に輝かせている。

早朝の港は慌ただしく、次々と船がエンジン音を響かせて出ていく。善三の船もだいぶ前に沖へと消えた。

「ここのところサバが寄ってきているらしいけ、今日は午後まで頑張るって、母さんに言っとけや」

もやい綱を外しながら、与吉は港までついてきた拓哉に言った。がっかりした表情を浮かべながら小さくうなずく拓哉。

実は昨夜、芳江から拓哉を一緒に船に乗せてやってくれと頼まれた。彼女としては、そうすることで与吉の異常に対処しようとしたのだ。勿論、拓哉に携帯電話を持たせてである。

しかし与吉は、足手まといになるし危険だからと言って承知しなかった。実際のところ昨年も何回か拓哉を乗せて漁に出たことがあったので、その答は矛盾していたが、それ以上芳江は主張しなかった。与吉のかたくなな意向を顔の表情から読みとったからだ。

一方、与吉としてはそうせざるを得ない理由があった。明日の漁で再び起きるかもしれない我が身の異常を、目の前で拓哉に見せるわけにはいかなかった。もしそうなれば事態は決定的となる。家族からはボケのレッテルを完全に貼られ、憐れみに無理やり包み込まれながら息苦しい日々を過ごすことになる。

いままでに積み上げた誇りは完全に崩れ去り、人としての尊厳も否定され、ただ崩れていく自分と向かい合わなければならないのだ。

昨日の一件でも危うくその境遇に立たされようとした。しかし、どうやら踏みとどまることができたと思う。ただ、家族の懸念ははっきりと感じているが、それを自ら認めるわけにはいかない。まだ、何とかなる。頑張ればいままでの自分をとり戻すことができる。壊れかけた自分を再構築できる。今日は午後までサバ釣りで頑張ると拓哉に伝えたのも、その手立てのひとつだった。たとえ漁の間に異常が襲っても、そこから立ち直る間の時間を確保し、惨めな姿を曝さなくても済むと踏んだからだ。

与吉は大きく息を吸うと、朝日を弾いて輝く内浦の海を見据えながら、スロットルを強く引いた。

六時間後、やはり懸念は現実となった。与吉の眼前には緑の木々があった。その左には船溜まりが。そしてその背後には発端丈山と、そこから南へなだらかに下る尾根が見える。

向かい合っている先は間違いなく弁天島だ。船底こそ岩を擦ってはいないが、この前とまったく同じ状況にあった。

空を見上げる。太陽は西に傾きかけ、操舵室の時計は一時を回っていた。いつもの場所で十時過ぎまで糸を垂れていたことは憶えているから、もう三時間以上も空白の中にあったことになる。

慌てて船舶無線のスイッチを見た。やはり切られている。エンジン音も聞こえない。

頭の中が真っ白になった。もう決定的だと思った。壊れていく身は止まってくれなかったのだ。色を失った指先が小刻みに震える。膝頭も。

与吉は操舵室の壁を背に座り込んだ。妻の顔が浮かんだ。それに重なって父の顔も。思わず両手で顔を拭った。汗が掌を伝い落ちた。

このまま消えてしまえばいい。潮の流れに乗って人知れず駿河湾を脱け出し太平洋へと運ばれ、果てしない空間の中へ消えていく。そうやって自分を消し去ってしまえば、一切の苦しみから解放され楽になると、胸の辺りにうごめく塊が囁きかける。

混乱する頭はその囁きに即座に反応した。与吉はとっさに立ち上がると操舵室へよろよろと足を踏み入れた。エンジンをかけ舵を沖に向ければいい。やがて燃料が切れ後は潮にゆだねるだけだ。

小さく震える右手をスイッチに伸ばす。そのとき、鈍い音と共に船が大きく揺れた。空を切る右手。すくわれた足元。与吉は腰から操舵室の床に落ちた。

とっさに出したもう一方の手も身を支えきれず、与吉は頭をしたたかに壁へ打ちつけ、意識が遠のいた。

薄モヤの向こうに誰かがいる。その背後にもう一人。二つの人影がこちらに話し掛けている。しかしそれは、ウオーンウオーンという低く籠った音に妨げられて聞きとれない。

与吉は渾身のちからを込めて上半身を起こした。不思議なことに、打ちつけたはずの頭に痛みはない。

二つの人影が眼前に迫り、おぼろげな影が少しずつ輪郭線を描き出した。それがやがて凹凸を伴った形に変わると、与吉の記憶の箱が突然驚きとともに開いた。

「親父」と思わず大きな声が口をついて出た。間違いなく父の顔だった。思わず両手を伸ばす。しかし手応えはない。

それでも懸命に顔を近づけようとすると、父の顔が突然緩み口が動いた。しかし聞きとれない。両手を耳に当て身を乗り出す。

聞こえた。「そんなに頑張らなくてもいいだよ」という言葉が。その背後から妻の声も。「もう、いっぱい頑張ったけが」と。

与吉は二人に向かって手を伸ばした。しかし届かない。叫ぼうとしたが声にならない。泳ぐように身体を寄せると、二人の姿はすうっと消えた。

操舵室の窓の向こうに青い空が見える。その下方には陽光を弾いて輝く緑が。小刻みに揺れる船体。その動きを背中で受けながら与吉は片手で顔を拭った。後頭部に痛みが走った。

そっと手を当てる。思い出した。さっき、鈍い音とともに船が揺れたとき転んで頭を打ったことを。その後のことはよく思い出せない。

しかし、こころの隅には温かな塊があった。そこからはなぜか懐かしさが漂い出ていた。与吉は気持ちが少し軽くなったように思った。

当てた手に血はついていなかった。しかし痛みは脈動を伴ってそのまわりへ広がっている。与吉は軽く頭を振ってみた。めまいはない。どうやら大丈夫のようだ。

それはそうと、さっきの衝撃は何だったのか。与吉は壁に手を突きながらそっと立ち上がり気がついた。船がわずかに左へ傾いている。慌てて操舵室の外へ出た。

この前と同じだった。船体が岩に乗り上げているらしい。船べりから身を乗り出すと、岩々とせめぎ合う舳先が見えた。状況はこの前よりひどいようだ。今度は突きん棒に頼っても離礁はできないかもしれない。

この状態から早く逃れなくてはならない。幸いにも座礁しているのは船首だけだ。与吉は操舵室に入ってエンジンを始動させた。フルパワーで後進させれば何とかなると考えたのだ。

その手段は正解であった。数回の後進作動で船は何とか岩礁を離れることができた。

さて、これからどうするか。このまま港へ帰るか、それとも……。

与吉は操舵室の横に立ち沖に目をやった。淡島と長井崎の間には大瀬《おせ》岬に向かって緑の山々が連なり、その右には、駿河湾の開口部へと続く紺碧の海が横たわる。そこから出てしまえば、広々とした駿河湾の向こうにはひとつの答が待っている。

与吉は再び操舵室に入ると舵を大きく右に切った。舳先はゆっくりと沖に向かって進み始めた。

そのとき船窓越しにキラキラとさざ波を立てる海面が見えた。魚の群だ。恐らくボラかサバの群だろう。とっさに与吉は船を止め甲板に出た。魚の群は弁天島の影から、船に添うように進み沖へと向かっている。

与吉はふと、特殊潜航艇を思い浮かべた。それらもこの魚たちと同じように、島影から出て沖へと海中を進んだのだろうか。

父の顔が浮かんだ。微笑んでいる。何かを語りかけようとしているみたいだ。思い通りにならない人生を悔やむ息子を慰めてくれているのか。それとも、叱咤しているのか。

銀鱗の群は船を離れ、左右に膨らみを作りながら沖へと向かう。進む先にはひしめく養殖筏が。

その光景を視線の端に捉えながら、与吉は突然服を脱ぎ捨てた。そして、下着一枚のまま船べりに足を掛け一気に飛び込んだ。

なぜそうしたのか自分にもわからなかった。魚群の動きに身体が反応したのかもしれなかった。出口のない迷路から自分を解放したかったのかもしれなかった。

水中には、背をキラキラと輝かせて泳ぐ魚の群があった。与吉はその後を追った。彼らがどこへ行こうとしているのかはわからない。その右へ左への動きにも迷いがあるのだろうか。

後頭部にはまだかすかな痛みが残っていた。与吉は泳ぎを止め手の平をそこへあてがった。疼きが濡れた頭皮を通して伝わり拡散していく。その痛みが、なぜか揺れる気持ちを包み込んだ。

「そんなに頑張らなくてもいいのに」と、こころの隅が囁いたような気がした。

結局は、いくらあがいても、なるようにしかならないのかもしれない。とても恐ろしいことだけど、自分をさらけ出してしまうしか道はないのかもしれない。与吉は気持ちを静めようと何度も水中に頭を沈めた。

魚群はもうはるか先にある。その向こうには鈍い光を放つ筏の群が。いまはあの魚たちに身をゆだね、その背に乗ってこの海を無心に泳いでみるか。そうすれば少しは苦悩から逃れられかもしれない。どこへ連れていってくれるかはわからない。しかし所詮は思い通りにはならない人生なら、あるがままに身を任せてみるのも悪くはない。ここは泳げるところまで泳いでみるか。

気持ちが静まってきた。胸の底の澱が少しずつ剥がれ出していくような気がした。

「なるようにしかならにゃあってことか」

与吉は小さくつぶやくと、銀鱗を追って泳ぎだした。

完

佳作（小説）

あぜ道《みち》

倉持《くらもち》れい子《こ》

（一）

あのベンチはこの辺りにあっただろうか。

伊東線の宇佐美駅に降り立った京子は、足元を探るようにしてホームの中ほどまで歩いてみた。ホームの長さも幅もあの当時と変わらないように見える。ベンチの位置はもっと端のような気もしてきた。六十年も前の昔のことなど、もはや確かめようもない。

ベンチのことはともかく、京子はホームから山側の方に目を移した。想像をしていた通りの景色だった。早苗の一本もそよぐことなく、山の麓の方にまで家々が広がっている。見渡すことが怖かった。

それでも京子は眉をあげ、低く連なる山々を眺めた。いったい、今日はあの山のどこに行こうというのか。記憶はあまりに遠すぎて見当もつかない。伊東へ向かった電車はもう視界から消えていた。

京子はおもむろに改札口に向かった。


「姉ちゃん、どうしても行くの？」

「引っ張られているような気がするの。夢にまで見たんですもの」

「気が済むようにしたらいいさ。もう東京に戻るつもりがないんなら」

弟の信幸は大きな体を窮屈そうに曲げ、本の束を括りながら京子を横目で見た。

「地の果てへ引っ越すわけでもあるまいし。そんなこと言わないで」

「姉ちゃん、七十も過ぎたら四国なんて地の果てみたいなもんだよ」

なんと大げさな。今度は京子が信幸を見返した。

「ここに住み続けていられるものを、何を今さら無理をしてさ」

「信ちゃん、今さら蒸し返さないで。決心を鈍らせないで」

古稀を過ぎてもなお転居をする姉の胸の内を、弟はどこまで分かってくれているのだろう。さんざん話し合ってきたのだ。納得済みのはずなのだ。

京子は染みが浮き、小じわの寄った小さな手に目を落とした。

「姉ちゃん、ほら、写真がひっくり返っているよ。義兄さん、かわいそうじゃないか」

京子は慌てて夫の遺影を持ち直した。額の隅々まで丁寧に埃を払い、箱に納めている最中だった。

信幸はしゃべりながらも、本を束ねては括り、の作業の手が休むことはない。

「義兄さん、こんなややこしい本も読んでいたんだね」

信幸は括った本の背表紙を拾い読みしている。

「やっぱり、それもこれももういらないわ。信ちゃんにあげる」

「ごめんだね。地層だの岩石だのこんな硬い本」

「あぜ道を歩いていたわ」

あぜ道、と唐突に呟いた京子を、信幸は手を止めて振り返った。

「姉ちゃん、もういいよ、そんな古い話。忘れようって誓ったじゃないか」

忘れようと誓い合ったことを、信幸は未だ覚えている。ということは、あのあぜ道のことは頭の隅に残っている、ということだ。三歳だった信幸が覚えていようとは思えないが、その話になると信幸は覚えている、と言い張るのだった。

「そのあぜ道ではなく、もう一つのあぜ道。夢の中で歩いていたの」

「どうしても消化したいんだね。行ってくるといいよ。宇佐美へ」

それで気が済むのなら、と言う感じに聞こえた。京子のこだわりはそんな軽いものではなかったが、宇佐美行きの許可を得たような気がして京子は口元をほころばせた。

括った本の束を四畳半の隅に積み上げた信幸は、両手を挙げて伸びをし、大きな体を更に大きく見せた。

「ありがとう。助かったわ。後は一人でぼつぼつ片付けるから」

「弘美の手が空いている時に手伝いに寄こすよ。それに姉ちゃん、毛が伸びちゃっているから」

京子は思わず髪の毛に手をやった。パーマをかけなくなって何年になろう。白髪も交じり無造作に束ねた髪は見苦しいと分かっていた。

夫の医療費を賄うためにはそんな倹約も必要だった。信幸の妻の手を借りなくともカットに行けばいいものを、京子はそれさえためらっていた。

「姉ちゃんの大切な伊豆の宇佐美だ。弘美に似合うようにカットしてもらいなよ。おしゃれもして行くんだよ」

弘美は子育てをしながら美容師を続けてきた。子供のいない京子は甥や姪の面倒をよく見たものだが、それももう終わった。

「弘美、またパート先を変えたんだよ。美容室を持ちたがっていた弘美の願いもう叶えてやれなくなったな。この歳になってはね」

京子とは七つ違いの信幸も六十三歳になった。定年が有るような無いような小さな建設会社で働き続けている。

「姉ちゃん、たくさん食べなくちゃだめだよ。どうしても四国へ行くんなら丈夫が一番だからね」

信幸は重たいドアを押し開け、京子を気遣う言葉を残して帰って行く。幅の狭いコンクリートの階段に、信幸の大きな足音が響いた。

京子は二階のベランダから身を乗り出し、自転車にまたがった信幸に手を振った。信幸は振り返ることも無く勢いよく漕ぎ出した。弘美の待つ家には十分もすれば着くだろう。

東京都下の、建て直しを迫られている団地の夕ぐれは静かだ。住民は高齢者ばかりで活気を失っていた。

そんな古い団地の上空に半月がくっきり浮いていた。

遠くに萎れたこいのぼりが見える。昼間になれば皐月の風を受けて勢いよく泳ぐだろう。

あの当時、宇佐美の地にもこいのぼりは泳いでいただろうか。

夢の中にこいのぼりは出てこなかった。宇佐美のあぜ道を、少女の京子が歩いているだけだった。

宇佐美駅のホームの上から京子はこいのぼりを探していた。

なだらかな山を背景にこいのぼりが見える。端午の節句は過ぎているけれど、空を泳ぐ鯉は京子を勢いづけてくれた。

改札口を出る前に、京子はもう一度ホームを振り返った。ペンキの剥げかけたベンチが置かれているような、そんな錯覚を覚えたのだ。

「京子ちゃん、だめだよ。そんなことをしては」

あの声は田舎のおじさんだったのか、それとも先生と呼ばれていた見知らぬ男の人だったのか。ベンチに腰掛けたおじさんと先生の、難しそうなひそひそ話が続いていた。なぜか、二人の話は聞いてはいけないような気がしてわざと知らん顔をしてベンチの端に座り、細い脛をぶらぶら揺すっていた。待ちくたびれた十歳の京子は、ベンチの剥げかけたペンキを、小指の先でさらに剥がしていたのだ。空色のペンキは面白いように剥がれ、爪の中に薄い空色が入っていく。

「だめだよ。そんなことをしては」何十年も経っているのに、どうしてこんなささやかなことをはっきり覚えているのだろう。思わず京子は右手の小指に目をやった。今は節くれだった指があるだけだ。

改札口を出たところの目の前の道は、海へと続く道に違いない。改札口からすぐに右に曲がれば線路沿いに細い道があるはず、その道を進むと小さな川があったか。京子の記憶は少しずつ蘇ってくる。

京子は自信を持って宇佐美駅下車の一歩を踏み出した。線路沿いの心細いような狭い道は小さな川に突き当たった。右に折れ線路をくぐれば山側の道に出るはず。その辺りまでは記憶と重なり京子を安心させた。山側に出た途端、京子はたちまち立ち尽くしてしまった。幾筋かある道の、どれを選べばよいのか全く見当がつかないのだ。そもそも目の前に重なり合う山の、どれが目的の山なのかが分からない。

目的地への確かな記憶は三つ。

先ず、養護施設「うなばら学園」は低い山の中腹に在ったこと。そして、学園から墓地の中を通って海へ遊びに行ったこと。三つ目は山を下りると宇佐美駅までは田んぼが広がっていたこと。

京子はその田んぼのあぜ道を歩いている夢を見たのだ。二度も三度も。弟の信幸と共有するあのあぜ道ではなく、宇佐美の田んぼのあぜ道の夢を。六十年も前のうなばら学園につながる夢だ。

夢は抑圧されていた願望を充足させる働きを持つ、などと難しいことも言われるが、幻覚が時や所を構わず、縦横無尽に飛び交うのだろうから、子供の京子が宇佐美のあぜ道を歩いていても不思議はない。

終の住処となる四国へ引っ越しする前に、うなばら学園を訪ねてみなくては、と頑なに思い始めたのはいつのころだろう。夢が先か、思いが先か、分からない。

うなばら学園が未だに残っているとは考えられないが、せめて跡地に立てたら、と日々思いは強くなっていた。

(二)

山を目の前にしてもどの山に学園が建っていたかは分からない。長い年数を経て田んぼは住宅地になったが、墓地は変わらずにあるだろう。そして墓地の傍にはお寺もあったに違いない。

京子はあてずっぽうの見当で歩き出した。

五月の昼間の、山側の宇佐美はひっそりとして人影もなく、車も滅多に通らない。せめて店でもあればと思うがそれも見当たらない。

やっと向こうから若い女性が歩いてきた。

「この辺りの山の中腹に、お寺は有るでしょうか」

漠然とした問いかけしかできなかった。

「ああ、有りますよ。あの角を曲がってその先の……」

どうやら二か所あるらしい。

教えられた方向を目指した。道は次第に登り坂になる。ほどなく、カーブした道の先に山門が見えてきた。京子の鼓動が早まってくる。

このお寺で聞いてみよう。

聞く？　何を？

京子は左胸を押さえながら山門の辺りを窺った。鼓動はあいかわらずだ。何を興奮しているの。まだ何も始まってはいないのに。京子は頻りに自分に言い聞かせていた。

なんだか立派そうなお寺だ。境内にはたくさんの車が見える。

京子はもう一歩を踏み込んでみた。葬儀か法事を行っているらしい。

見渡した限りでは墓地は見当たらず、まして墓地の中を通っての海への道などあるようには見えない。

京子は胸をなでおろした。これで何か、訳の分からないことを聞きに行かずに済む。本当は「昔、この辺りに養護施設がありましたか」と尋ねれば済むことなのだ。決して訳の分からないことでも難しいことでもなく、話は簡単なのだ。

一時も早く聞きたいのに、答えを知ることが怖くて京子はせっかく見つけたお寺を去ろうとしている。京子はちぐはぐな行動に気付いていなかった。鼓動はいつの間にか治まっていた。

お寺にいささかの未練を残して、その足を更に上に向けて歩き始めた。この先にもう一つあるお寺を目指すつもりだ。家もなく、道は次第に心細くなってくる。

はたと立ち止まった。あの当時、小学生だった京子たち学園生が駅から学園への道をこんなに登ってきただろうか。

踵を返そうか、さらに先へ進もうか。京子は立ち止まったままだ。

先ほど垣間見たお寺には一見、墓地も見えず海への道も見当たらなかった。京子の足はゆるゆると二つ目の寺に向かっていた。

狭い畑地が見えてきた。畑作業の人がいる。京子は声をかけてみた。

「五、六十年も前のことですが、この辺りにうなばら学園と言う養護施設がなかったでしょうか」

京子は畑作業の老人の答えを聞くのが怖かった。さあね、と言われても仕方がない。長靴を履いた老人は手を休めて京子に近づいてきた。

「在ったよ。とっくの昔に無くなったけどね」

なんと嬉しい返事だろう。知っている人がいたとは。

「今は電波塔が立っているよ。塔の周りは竹藪みたいなもんだ」

「どのあたりでしょうか。電波塔まで行かれますか？」

「もっと下だ。う〜ん、行かれなくもないがな」

やはりここまで遠くはなかったのだ。

「寺の後ろの道を上るんだ。足元が悪いぞ」

「この坂の下のお寺ですね。ありがとうございました」

京子は二度も三度も腰を深く折って礼を述べた。

足元などどれほど悪くとも構わない。老人は明快な答えを教えてくれたのだから。途中で踵を返していたなら、分からず仕舞いのまま宇佐美を去ることになったかもしれないのだから。

京子はスキップでもしたいような心地で坂を下り、お寺の前まで戻ってきた。しかし、どこに道があるのだろう。

不躾に駐車場を覗き、右へ左へ歩いてもみた。家が見える。お寺関係の家だろう。人影は見えない。人家に入ってしまいそうで憚られたが思い切って家の前まで行くことにした。すると、その先に細い道が見え、道の両側には墓碑が立っているではないか。どうやらこの先が墓地らしい。

京子のためらいはすっかり消え、墓地の細道を歩き出した。墓地は山腹沿いに広がる。目指すは電波塔一つ。上に行くに従い墓石が新しいものになっている。墓地は上へ上へと広げられたのだろう。どの墓も草が生い茂り荒れた感じで、久しく墓参に訪れた様子は窺えない。

茂った竹藪で上が見通せない。高いはずの電波塔が見えない。

足にまとわりつく草を払い、汗を拭った。次々と新しい墓石を目にしていたが、不意に平らな所に出た。

そこには沢山の苔むした墓石が寄せ集められていた。墓石のほとんどは文字も読めず、欠けていたり傾いたりしている。無縁になった仏様たちだろう。

そしてそのすぐ先には待ち望んでいた電波塔が！

畑作業の老人が教えてくれた通りだった。

園舎をいとおしむかのように、京子は塔を見上げ、塔に触れた。

六十年を遡って、うなばら学園は確かにここに建っていたのだ。

ひと風吹いて竹藪の竹がしなった。

年月を経てもこの位置から眺める眼下の相模湾は、学園の食堂の窓からの海と全く変わっていない。間違いなくこの風景だった。

左手の山の張り出し具合も、緩やかに弧を描く海岸線も確かに見覚えがある。右手には小さな磯があったはずだ。遥か先の初島さえも目に入った。田んぼは消えてしまっても、海は変わらずに京子を迎えてくれたのだった。


「京子ちゃん、さあそこに座って」

京子は何度言われても座らずに窓から海を眺めていた。

広い食堂はがらんとしていた。優しそうな女の先生と宇佐美駅から付いてきた男の先生だけで、田舎のおじさんはもう居なかった。

海が珍しくて眺めていたのではない。

お母ちゃんや弟の信幸とも別れ、田舎の学校も止めて京子一人がこんな所へやられてきたことへの精いっぱいの抵抗だった。

椅子に座ってしまったら、ここに来ることを承知してしまうことになる。声も出さず、涙もこぼさず、耳だけはそばだて、二人の先生の会話を聞き漏らすまいと海を見ている振りをした。

京子の背後で息づかいを感じた。京子は頑なに窓の外を見ている。

「きれいな海でしょう」

女の先生の声だ。

「海で泳いだことってある？」

振り向くと先生の丸い顔が迫っていた。先生とは目を合わせないようにし、少し上目づかいで首を横に振った。

「夏になると泳ぎに行くのよ」

先生の手が京子の華奢な肩に触れてきた。

「つやつやしていてきれいな髪の毛ね」

京子のおかっぱ頭をそっと撫ぜてくれた。

「二重瞼で大きな瞳なのね。何でもよく見えるでしょう」

先生は京子を見つめて微笑んだ。先生の右の頬に、小さな笑窪ができた。京子は顔がつっぱって、とても笑い返すことなどできない。

先生も一緒になって海の方を向いている。京子は黙ったままだ。先生も京子に合わせて黙っていてくれた。

時々波が光る。京子は針の先のように光る海を見るのは初めてだった。

先生と二人で眺めた六十年後の海を、今、京子は一人で見ている。あのころの先生は、近藤先生はいくつだったのだろう。もういないかもしれない。先生の実家は隣駅の伊東に在ると言っていた。電波塔の位置に食堂があったことは確かめられたが、無縁仏群の辺りには何が建っていたのか、草で覆われている周囲を見回すばかりだ。山の中腹に建つ学園は寮棟や食堂、グランドや教室棟など階段状に並んでいた。寮生が何人くらいいたのか、記憶にない。

よくよく目を凝らして見れば草地にも段差が見えてくる。段差と言えば……。京子は不意に左手人差し指の第二関節に目をやった。

すっかり薄くはなっているが、段差の所で作ってしまった小さな傷跡が薄い紫色で人差し指に残っている。

友達と一緒に寮棟から園庭のグランドに出ようと斜面を駆け下りてきた。京子はうまくは下りられず、足を絡ませ転んだ拍子、とっさに草を握っていた。ノコギリ葉の草は左手人差し指に深く食い込み、血を滴らせた。意気地なしの京子は大泣きをし、近藤先生に薬を付けてもらった。近藤先生はいつも優しかった。

桜寮のゲンタが泣き虫京子をしつこく囃し立てる。しまいには男先生から拳骨を貰っていた。顔をしかめて坊主頭をなで回すゲンタを、京子はいい気味だと思っている。そのゲンタも、元気なら爺さんになっているはずだった。

人差し指の淡い傷跡は大嫌いのゲンタまでも思い出させてくれた。

グランドの更に下は教室棟だった。一学年一クラスだった。

勉強のできなかった京子にとって、六十年も昔の教室棟の記憶は薄い。ただ一つ、寮棟から教室棟への移動はとても楽しい思い出だ。

板張りの階段やすのこを踏みながら教室へ向かう。長い階段を降りると平らな部分はすのこになる。皆で一斉にすのこの上を通るとき、不安定なすのこを、わざとカタカタ、カタカタ大きな音を立てて面白がって走り抜ける。そのたびに男先生に叱られたものだった。

電波塔を立ち去りがたかった。ここに立ち尽くしていれば百も二百も記憶が湧いてきそうな気がする。

何の行事だったか、寮ごとでの演芸会の時だった。菊寮は歌を、桜寮は劇をする。

「すみれ寮は踊りを出します。京子ちゃんはあの緑のスカートでエンゼルの役ね」

緑のスカートはお母ちゃんが持たせてくれた一番お気に入りの服だ。近藤先生はそれを知っていた。

緑のスカートがはけるので京子は素直に「はい」と返事をした。

すみれ寮の畳の部屋で練習が始まった。近藤先生がレコードをかけ、音楽を聞かせてくれた途端に京子は無口になってしまった。

「京子ちゃん、皆で踊るんだから難しくないのよ」

踊りが嫌なのではない。この歌だけは聞きたくなかった。ましてやうなばら学園などでは。レコード歌手がかわいい声で楽しそうに歌えば歌うほど、京子は部屋の隅に逃げた。本当は京子のお気に入りの出窓の所まで行きたかった。でも、出窓を背に友達が一列に並んでいるのでそれは叶わない。

幼児の駄々っ子のようだと自分でも分かっていた。近藤先生は踊りの練習をしつこくは勧めなかったので、京子は本当に助かった。その日の練習が終わるころには、友達はみんなして「エンゼルの歌」を口ずさめるようになっていた。

演芸会の練習の後の食堂はにぎやかだった。菊寮も桜寮も、もちろんすみれ寮も自分たちの出し物を自慢しあっている。皆はいつもよりおなかが空いているのでさっさと食べ終わってしまった。京子だけは相変わらずだった。

食堂で一人とり残されてぐずぐず食べている京子の隣に、近藤先生がお茶を持って座りこんだ。きっと踊りのことを言われるに違いない。

京子は目玉焼きの、白身のカリカリ部分をつついていた。

「今日の目玉焼き、焼き過ぎよね。先生は黄身がトロッとしている方が好きよ」

「私も」

思わず目を見合わせて笑ってしまった。

「あら、このお茶、出がらしでおいしくないね」

先生は厨房で入れ替えたお茶を二つ持ってきた。先生と二人で飲むお茶はとてもおいしかった。でも、お茶の後は踊りのことを言うに違いない。どことなく京子は身構えていた。

パーマをかけてきれいになっている近藤先生は、目を細めておいしそうにお茶を飲んでいる。湯飲み茶わんを持つ先生の指は細く白く、お母ちゃんの指とは全く違っていた。お茶を飲み終わっても先生は踊りのことは何も言わなかったし、聞きもしなかった。

食堂の入り口で、古川先生が京子を睨んでいる。いつまでも近藤先生と座っていることが気に入らないのだろう。男先生の中で一番怖い先生で、京子は古川先生を見るといつもびくびくしていた。

寮棟の下方の便所が臭う。臭いだけならまだしも、目まで染みて便所の入り口にいるだけで涙が滲んでくる。木のサンダル下駄にまで臭いが染みていそうな気がして、なにしろ嫌だった。京子は今までこんなに臭い便所を使ったことがない。便所に入るまでが一大決心だった。便所の前でうろうろしているだけで、古川先生に「いい加減にしろ！」と怒鳴られた。先生だって臭いに違いないのに、京子だけが怒鳴られた。もうみんなこの臭いに慣れてしまっていたのだろう。

食堂だった所は電波塔が建ち確認できたが、寮棟などの場所はもはや確かめようもない。草が、竹藪がすべてを風化させてしまっている。

京子は帰り間際の最後に、もう一度食堂の窓から眺めるかのように海を見下ろした。二度と再び京子がこの地に立つことはない。

お寺を後にして、平地の人家のある通りまで戻ってきた。

当時は確かにこの辺りも田んぼが広がっていた。

夏の夜、園生も先生もうちわを手にし、田んぼのあぜ道でホタル狩りをした。学園からあぜ道に降りてくるまで、お墓の道が怖くて大騒ぎをしたものだ。

ゲンタは先回りをしてお墓の陰に隠れ、京子を待ち伏せし驚かそうとする。いつだって京子が泣き出すのを待っているし、泣き出すようなことばかりを仕掛けてくる。我慢して泣かないようにしていても泣き出すまで突っついたり、引っ張ったり、ぶったり蹴ったりしてきた。

京子が近藤先生を取ったわけでもないのに、ゲンタはなぜか京子を目の敵にした。喘息の激しい発作で、呼吸が止まるまでは……。

ゲンタが居なくなって、からかわれなくなると京子は急速に寂しくなった。ゲンタは京子に戦い方を教えてくれていたのだ。

一駅電車に乗って伊東の温泉プールに行く時も、海水浴や磯遊びで海に出る時も、園生とはしゃいで歩いたあぜ道はいつも楽しかった。

京子はいつの間にか宇佐美に馴染んでいた。おじさんの田舎を忘れていた。よほどのことが無い限り、お母ちゃんや信幸のことを思い出すことも無くなっていた。

（三）

お母ちゃんは五本の指をこれ以上広げられないほど広げ、京子の背中を抱きしめてくれた。もう、何も言わずただ黙って強く強く抱きしめてくれた。

それからのお母ちゃんは、振り返ってはくれなかった。

三歳の信幸の手を引っ張り、大きな荷物を抱えて急ぎ足だった。

かわいそうに、信幸はほとんど小走りだ。バス通りに出るまでの一本道のあぜ道を、お母ちゃんは一度も振り返ってはくれなかった。

京子は約束通り、お母ちゃんたちの後は追わなかった。

最後にお母ちゃんから手渡された黄色のキャラメルの箱を固く握りしめたまま、二人がバス通りに出て見えなくなるまで、じっと縁側に立ち尽くしていた。

キャラメルの箱の角がつぶれ、エンゼルマークがゆがんでいた。京子はエンゼルマークを懸命に伸ばした。

お父ちゃんが死んで、お母ちゃんも弟も居なくなって、京子一人が田舎のおじさんの家に預けられた。京子は子供なりに、みんなが辛いのだと分かっていた。だから、大人たちとの約束は守ろうとしていた。

おじさんの家の縁側から見える富士山が大好きになった。京子は東京からはこんなに大きくてきれいな富士山を見たことがない。お母ちゃんや信幸のことを思うときは、決まって縁側の障子を開けていた。こぼれそうになる涙を、握りこぶしで拭うのが癖になっていた。

もったいなくてキャラメルは食べられない。一粒だけ口に入れようと取り出すが、じっと眺めては仕舞ってしまう。食べてしまったらお母ちゃんとのつながりが切れてしまうのではないか、と怖かった。

おじさんの家の、タンスの上にあるラジオからエンゼルの歌が聞こえてくる。ラジオは古くて時々雑音のガーガーがうるさい。おじさんが飛び上がってラジオをたたくとまた元に戻る。

童謡歌手のきれいな声が、エンゼルの歌の二番も三番も歌う。

「♪誰もいないと思っていても、どこかでどこかでエンゼルは……♬」

京子の中ではエンゼルとお母ちゃんは重なっていた。

今は離れてしまっているけれど、きっとエンゼルのように守っていてくれる。話しかけてくれるし、笑いかけてもくれる。

「♪どこかでどこかでエンゼルは、いつでもいつでも眺めーてる♬」

歌手のようには歌えないけれど、京子はエンゼルの歌が大好きだった。箱の絵を見ながら描くエンゼルの絵も何度か描くうちに、見なくても上手に描けるようになった。

京子の痩せた背中に、お母ちゃんの五本の指の暖かさが残っている。

その暖かさを感じるだけで、京子はどんなことでも我慢できると思う。

おじさんの家にはおじさん夫婦と五人の子供たち、お爺さんお婆さんもいた。いつもいつも忙しそうなおばさんにとって、京子は余分な存在だった。顔を見ても声を聞いてもそれはすぐに分かった。田舎の学校に転校したばかりなのに、うなばら学園に行くことになった。京子はまたまた心細くなってしまうが、それがおじさんの家のためなのだと分かっていた。大人たちが決めたことには逆らいようがなかった。

伊豆の宇佐美などという地名も初めて聞く。ますますお母ちゃんや信幸から離れてしまいそうで、どうにもたまらなかった。好きな国語や音楽の勉強もどうでもよくなっていた。どんなに勉強を頑張っても京子から楽しみは離れて行くばかりのような気がしていた。

「時々、面会に行くからな。お母ちゃんだって行くと言っていたぞ」

おじさんの言うことを信じたかった。大人たちが言うことは、守ってもらいたかった。

うなばら学園への荷物はおじさんが柳行李に詰めてくれた。

京子はおじさんの目を盗んで黄色いキャラメルの箱を、紙に包んで行李の底に潜らせた。一粒も減らしていないキャラメルは京子の宝物になった。

行李の底にエンゼルが居る、と思うだけで心が安らいだ。だから、すみれ寮の演芸会の出し物がエンゼルの踊りだと知ったときは、心に塩を掛けられたような気持ちだった。気楽にエンゼルの踊りなど踊りたくもなかったのだ。けれども演芸会の当日は緑のスカートをはいて京子も皆と一緒になって踊った様な気もする。

母と弟が去って行った一本道のあぜ道も、園生と一緒になってはしゃいで行き来したあぜ道も、京子の生涯で忘れることのできない道だ。

その後の母と弟の暮らしはどのようなものだったのだろうか。

長じてからの弟との再会で、信幸は言う。「やみくもに手を引っ張られて走ったあぜ道のことはしっかり覚えているさ」と。どのような環境の中にいたのか、信幸があぜ道以外のことをほとんど語らないのは、苦い思い出などと重なっているからなのだろう。

「姉ちゃん、もうそのことは忘れよう。姉ちゃんだってあの時から独りぼっちになったんだろう。あぜ道のことは口にするのは止そう」

そう誓い合って何年になろう。田舎のあぜ道のことは二人とも封印したはずだった。

それとは違い、京子にとって宇佐美のあぜ道はかけがえのない道だ。今にして思えば近藤先生を始め、男先生もどの先生も丸ごと園生を抱え込んでくれた。体の弱い子も親のいる子もいない子も、両腕の中に抱きかかえてくれた。

あの怖い古川先生ですら園生を大切にしてくれたのだ。

「京子、ほら、そこに座れ」

古川先生の命令には背けない。

「暴れるんじゃないぞ。泣くんじゃないぞ」

古川先生は力ずくで京子の左足を引っ張った。

京子は下唇が千切れるかと思うほど前歯を強く当て、痛みに堪えた。左足の膝にできた大きなおできの膿を出すために、古川先生は両指に力を籠め、膿を絞り出してくれたのだ。

「よし、よく頑張った」

古川先生の無骨な指が、京子のおかっぱ頭の上で何回もくるくる回った。あの古川先生が頭を撫でてくれるなど考えられないことだった。

「皆には内緒だぞ、言うなよ」

と、ちょっとだけ笑いながらミルキーを三粒も握らせてくれた。皆に隠れてどうやって舐めようか。京子は古川先生の目を見ながら大きく頷いた。

京子は何十年を過ぎても何かの拍子に宇佐美、と耳にしただけで先生たちのちょっとした仕草が思い出されるのだった。


京子は電波塔の下に立ち、うなばら学園の跡地を見て気が済んだ。とても穏やかな気持ちで帰宅のために宇佐美駅に向かっている。

ところが、駅近くになるに従い、このまま電車に乗ってしまうのが無性に惜しくなってきた。海岸まで行ってみよう。あの小さな磯はどうなっているだろう。

京子は俄に早足になり、駅前から海への通りに向かった。

海への通りは広く整備されているのに、シャッターの下りた店も多く、テナント募集、売家などの看板が目につく。人もほとんど見かけず、ひっそりとした商店街だ。真夏になれば賑わうのだろうか。

あのころ、夏の日差しを浴び、麦わら帽子を高く放り上げながら我先にと海へ向かった。あぜ道を通って伊東線の線路を潜り、駅の近くまで来た時、菊寮のマサル君のお父さんと出会った。面会に来たのだ。京子は思わず立ち止まってマサル君のお父さんを見詰めた。今日も作業服のお父さんは、暑いのに一生懸命マサル君に会いに来る。なんていいお父さんなのだろう。

すみれ寮の出窓からはうなばら学園の玄関が見えた。

日曜日に出窓に座っていると、たまに面会に来る家族が見える。マサル君やチエちゃんやルミコちゃんや……。そのたびに横っ飛びに飛んで玄関に急ぐチエちゃんたちがうらやましかった。

京子のおじさんもお母ちゃんも面会に来てはくれなかった。園生のほとんどの人が面会なんか来ない、と知ってからは京子はうらやましいとは思わなくなった。みんな、知らん顔をして玄関の方など見ないようにしていたのだ。

京子はマサル君のお父さんを思い出しながら海岸へ急いだ。

海岸沿いの現在の国道は車の往来も激しく、信号も付いている。京子は信号を渡り、砂浜を踏んだ。昔は簡単に海岸に出たように思う。

小さな川の水が海に注ぎ込んでいたはず。しかも二つの川の水が。京子は海を間近に見た途端、川の流れ込む辺りで、皆で貝を掘ったり、蟹を追いかけたり、砂山をつくったり、とここでも大騒ぎをしながら遊んだことが、一瞬にして浮かんできた。

五月の砂浜に、誰が付けたのかはだしの足跡が延々と続いている。その足跡を辿って行った先に、磯とも言えないほどのわずかな岩が見えた。波が寄せるたびに皆で大声を出しては濡れまいと、岩を渡り歩いたところだった。小魚や蟹やイソギンチャクやフナ虫がいた。この時ばかりは古川先生も一緒になって遊んでくれた。

六十年を経た今、京子は改めて宇佐美の山と海を見た。山道を辿り海辺を歩き、そして京子は満たされた。

満たされたまま、帰りの宇佐美駅ホームに立つことができた。

つい先ほど手を触れたばかりの電波塔が遠くに見える。学園は、駅からはあんなに遠くに在ったのか。今更のように、位置を確かめた。今や幻となった園舎のたたずまいを、もはや思い浮かべることはできない。その代わり、あの電波塔は京子がこの世から消えた後も、何年も在り続け、うなばら学園跡地の歴史となっていてくれるだろう。

帰りの車中の窓ガラスに映った京子の顔は、疲れているにも関わらず、微笑が浮いていた。あたかも、夢の供養をしてきたような気分だった。うなばら学園は京子にとってもう一つの故郷だとも思えてきた。

京子の生涯でこれから先、伊東線に乗ることも、もうない。

一つ一つにピリオドを打ち、四国の地で新しい暮らしを始めるのだ。

(四)

母たちと暮らせるようになった高校生のころ、友達と将来なりたい夢を語りあったものだ。京子はいつも「施設の先生」と言っていた。何で？ と、問われても答えようがなかった。

近藤先生のあの暖かさは、見習おうにも見習いきれない。少しでも近づきたかったのだろう。京子の心の中には幾つになっても宇佐美の近藤先生が住み着いていた。

二つの仕事を掛け持ちで働き続けていた母から、うなばら学園のことを聞かれることは滅多になかった。まるでタブーであるかのように。

京子も、うなばら学園のことは信幸以外には口にしたくなかった。信幸にだけは何の構えも無く、ごく自然に学園での出来事を話すことができた。同じ話を何度繰り返しても、信幸は聞き入ってくれた。

けれども京子と同時代の出来事を、信幸から聞かされることはなかった。敢えて聞かないことで、姉弟は仲良く暮らすことができた。

京子は「施設の先生」にはなれなかったけれど、公務員の夫と巡り会え、過去を忘れて暮らすことができた。

転勤も多く慌ただしい年代もあった。子供がなく寂しい思いもした。夫は姑を大切にし、京子もそれに倣うことができたし、夫も姑も京子の学園のことを知ってはいても持ち出すことはなかった。


「姉ちゃん、義兄さんのお墓が四国に有るからって、何も今さら引っ越しまですることないだろう」

「もう決めたことなの」

「相変わらず姉ちゃんは頑固だなあ」

信幸とは何度同じ会話を蒸し返し、繰り返してきただろう。

「あんな広い家、姉ちゃん一人で保ってなんかいけないよ」

「そうかもしれないわね」

京子は素直に応えていた。

「僕に相談もしないで、そんな大切なこといつ決めたんだよ」

「あの人が死んで、小引き出しを整理していた時」

「小引き出し？」

「しまい込んだまま、何十年もすっかり忘れていたものが出てきたの」

夫の転勤を繰り返すうちに、小引き出しは開けることも無く、そのまま移動するようになっていた。夫も亡くなりいよいよ最後の転居だ。今のうちにすべてを整理しておきたかった。

小引き出しの底からレースのハンカチが出て来た。きちんとたたまれたハンカチの中から、これもまたきちんと折りたたんだ黄色いキャラメルの箱が出てきた。キャラメルはいつのころ、食べたのだろう。

十歳の京子には、お母ちゃんから最後に手渡されたキャラメルが宝物だった。うなばら学園への荷物を詰めた柳行李の底に、宝物を隠し持っていた。それを今さら、このような形で目にしようとは思ってもいなかった。

箱を手にとっても感傷的な気持ちは少しも湧いてこなかった。

エンゼルマークを見詰めているうちに、近藤先生と姑の顔が浮かんできた。不思議と母の顔は出てこないのだ。

「京子さん、その時のお母さんはそれが精いっぱいの選択だったに違いない。お母さんを恨んではなりませんよ。お母さんを大切にね」

姑はいつも京子の母に理解を示してくれた。母への心遣いを教えてくれた。それなのに、京子は母の死に目に会えなかった。致し方なかったとは言え、姑にも母にも済まない気持ちで潰されそうだった。

夫の転勤続きで、気丈な姑は四国の徳島で一人暮らしを続けてきた。

その姑も九十を過ぎ、地元の特養ホームに入居している。

顔を見に行っても常ににこにこしているだけで、「京子」だと認識はできてはいない。「京子」を分かろうと分かるまいとそのようなことは構わない。できるだけ姑の元に足を運ぼう。姑が、吉野川を臨むあの広い家で一人暮らしをしていたように、京子も姑を見舞いながら、そこで力尽きるまで生きてみよう。

近藤先生が京子に寄り添ってくれたように、京子も姑の傍で過ごすことにためらいはなかった。もしも、小引き出しを開けずにそのままにしていたら、京子の日々はどのようになっていっただろう。

京子は折りたたまれたキャラメルの箱を掌に載せ、時を遡って辿っているうちに、四国への転居を決めたのだ。決心の背後には、宇佐美のうなばら学園の近藤先生が居たような気もする。

信幸に相談もせず決めたことに悔いはなかった。

「姉ちゃん、いくら健康だからって、自分も歳を取っていくんだよ。そんなきれいごとで慣れない土地で暮らせっこないよ。すぐに音を上げるに決まってるよ」

「そうかもしれないわね」

京子はこれにも素直に応えていた。信幸とこんなやり取りも何度も重ねてきた。

不安も心配も沢山ある。が、夫が亡くなり、この古びた団地でなすことも無く日を重ねていくのは京子の性に合わない。

「信ちゃんたち家族が徳島へ遊びに来ればいいわ。弘美さんは田舎ができるって喜んでいるのよ」

あれもこれも信幸夫婦とも語り合い、納得し合うことができた。


「四国の遍路道にもあぜ道はあるでしょうね」

「姉ちゃん、お遍路に出るつもり？」

「吉野川の眺めに慣れてきたらね。姑さんもお遍路さんだったのよ。母さんや、あの人の供養にね。お大師様と同行二人だというから心配しないで」


おかっぱ頭の十歳の、京子が歩いた伊豆の宇佐美の田んぼのあぜ道。

白髪混じりで古稀も過ぎ、これから探すまだ見ぬあぜ道遍路道。

京子の頭の中には二つのあぜ道は重なり、どこまでも続いていた。

了

佳作（小説）

赤富士《あかふじ》の浜《はま》

醍醐《だいご》　亮《とおる》

一

運命の地というものがあるものだ。

どこにでもある小さな漁村が、運命のいたずらによって、ある日突然修羅場となり、人々の力で沸騰するマグマのような状態になるが、それがわずか二、三年で終焉すると、たちまち元の状態に戻ってゆき、今ではマグマの痕跡すら残っていない。

虎吉は、一人砂浜に立って折からの夕富士を見上げていた。

「素晴らしいところですね、おじいさま。私、富士山があんなに綺麗なの、それからこんなに美しい海岸を見たのは初めてです」

孫娘のお栄が言った。いつの間にか側に来ていたのだ。

「綺麗だろう。ワシの生まれ故郷だからな」

虎吉は、思わず頬をゆるめた。

お栄は、十四歳の美貌の女学生である。虎吉の自慢だった。

振り返ると、息子夫婦は遠い岸壁の上からこちらを見守っている。

「はい、お爺さま。ところで、宴会のご用意が出来たそうです」

「おお、そうか。ありがとう。では、行くか」

村では虎吉が東京からたまに帰ると大騒ぎになり、村長以下が総出で大歓迎してくれる。去年妻が亡くなったため、今年は息子夫婦と孫娘の四人で来たのだが、今夜も宿で大宴会になりそうだった。虎吉は、若い時からの癖で、金時計で時間を確かめた。確かに、時間だった。そこで孫娘の手をひいて息子夫婦の方に向かったが、ふと何かの力に引かれるようにもう一度富士を振り返った。夕闇の中で潮騒が遠く囁き、昔と変わらぬ白砂青松が遠くまで続いている。富士は、分厚い雲の上に、高く高く聳えていた。

あれから二十数年が経つ。しかしこの白い砂浜に立つと、今でも当時のことが思い出される。


大地震が起こったのは、五ツ時（午前八時）のことだった。

妻のお和と遅い朝食をとっていた虎吉は、突如襲って来た凄まじい揺れに無我夢中で立ち上がった。五歳の一人息子の順太が、熱い汁を膝にこぼして悲鳴を上げた。

「逃げるじゃあ、お和、順太、大きいぞ」

虎吉はそう怒鳴ると、碗を持ったままのお和の手を引き、順太を脇にかかえて家を飛び出そうとした。しかし信じられない力で家中が揺れ動いている。床は波打ち、屋根や梁が今にも崩れ落ちそうだった。一歩も動くことが出来ない。屋根裏や梁の裏などから家中の塵埃が吹き出て来て一瞬で視界を蓋い、ちゃぶ台の上のものはすべて吹っ飛び、ちゃぶ台そのものは土間に転がっていた。家に一つだけある古箪笥は床に倒れ込み、外壁が突然音を立てて割れ始めた。気が付くと、狭い流しの棚という棚は崩れ落ちており、床の底から何やら不気味な音が聞えて来る。それが鳴り止まないのだ。

「あんた、こりゃあ、いつもと違うよ。大ごとじゃ」

お和はそう言うと、突然家中の大事なものを風呂敷に詰め始めた。

「津波が来るじゃあ。大地震の後にゃあ、大津波じゃあ」

外で、誰かが怒鳴っている。

「諦めろ、お和。そんな時間はにゃあ」

虎吉は、慌ててお和を押し留めた。しかしそのお和の側に行くことすら出来ない。一瞬大工道具を見遣ったが、持ち出す時間はないと判断した。その判断は正しかった。三人は数秒後辛うじて家の外へ飛び出したが、それと虎吉の小さな家が音をたてて潰れ落ちたのとはほとんど同時だったからだ。耳をつんざく音と凄まじい衝撃、そして地面から土煙が驚くほど吹き上がった。と、何かが飛んで来て順太の後頭部に当たった。「大丈夫か」虎吉は慌てて順太を抱き直した。順太が小さく頷いた気がした。気が付くと、隣の茂左衛門の家もその隣の定吉爺さんの家も崩壊している。村中のほとんどの家が崩れていた。悲鳴と怒号、助けを求める声が行き交っていた。

すぐ下が、義父で棟梁の藤蔵の家である。お和の実家だが、これも見事に崩れていた。藤蔵と母親のお栈はちょうど這い出して来たところだった。船大工仲間の家はその下に固まっているはずだが、跡片もない。朦々たる土埃の中を、人々が次々と駆け寄って来る。

「裏山じゃ。裏山へ逃げるんじゃや、お和」

虎吉はお和の手を引いた。しかしお和は動かない。順太が顔面蒼白で白眼をむき、唇から血を流していたからだ。

「順太」

虎吉は、慌てて順太の様子を見た。順太はぐったりと動かない。やむなく虎吉は順太を背負い、お和の手を引いて裏山への道を駆けた。藤蔵、お桟、船大工仲間、その家族たちが続々と上がって来る。所々階段もあったはずだが、今は崩れ去って跡片もない。何人もの老若男女が崩れた両側の家々から這い出し、恐怖の顔で裏山へ駆け上がって行く。定吉爺さんがいる。茂左衛門の婆さん、子どもたちが駆け上がって行く。皆、津波の怖さを知りつくしているのだ。

ふと焦げくさい臭いがした。どこかで火の手が上がったのだ。

虎吉たちは、無我夢中で裏山の中腹に辿り着いた。そこにはすでに何人もの村人が来ていて、浜の方を見やっていた。

「津波じゃあ。津波が来たぞ」

誰かが大声で叫んだ。

「きゃあ、来る」

と若い女の声が叫んだ。

虎吉は、側の木の根元に順太を降した。鼻から血を流している。

死相のようなものが現われていた。ふと、息をしていないような気がして、虎吉は慌てて脈をとった。しかし脈はかすかだがある。

虎吉は、しばしお和に順太を任せ、柵の方に近付いた。

お桟が、順太を一目見て口を覆っている。

津波が押し寄せていた。ここ戸田《へだ》は天然の良港で、湾はほぼ円形に近い。湾口は北西向で狭く、湾口の左手には高い松林を戴いた御浜岬《みはまみさき》と呼ばれる砂嘴が長く続いている。天然の堤防だった。

今、津波は、その堤防を押し越えようとしていた。虎吉は津波を見るのは初めてだった。そして津波というものが、高潮の何倍も巨大なものだということを初めて知った。これまであの堤防を軽々と押し越える高潮なぞ見たことがなかったからだ。次の数秒の間に津波は更に高く高く膨れ上がり、今や松林の高さの半分以上にまで達した。そしてそのまま湾内に白波を立てて崩れ落ちた。

虎吉たちのいる中腹まで津波が押し寄せて来たのは、それから何秒後のことだったろう。気が付くと、人口三千ほどの小さな村は、黒い海水と白い波頭に呑みこまれていた。湾内の浜にいた何十という船や小舟が波頭に乗ってこちらに押し流されている。虎吉たちの造っていた五百石船二艘もその中にあった。村の屋根という屋根が流されて来る。同時にありとあらゆる生活用品が黒い波間を漂い始めた。人の姿はほとんど見えない。屋根にしがみついている人が何人かいるが、多くは一瞬にして呑まれたのだ。

「来るじゃあ」

誰かが叫んだ。

気が付くと、津波の黒い舌先が直ぐ側まで這いあがって来ていた。

虎吉は大急ぎで順太を背に負った。そしてお和の手を握りしめ、さらに高みを目指してよじ登り始めた。藤蔵、お栈、船大工衆とその家族たち、多くの人たちが続いた。しかしここから上は道がない。隣近所の人たちも悲鳴を上げてよじ登り始めた。木や草の根を摑み、藪や熊笹を押し分けてよじ登るのだ。必死だった。海水がすぐ後に来ている。どこかの老婆がその舌先に捕まって悲鳴を上げて転げ落ちた。草を摑み損ねた少年が転げ落ちて行く。

どれほど登ったのだろう。気が付くと、黒い舌先は遠い下方にあった。お和が肩で息をしていた。

「助かった」、虎吉はそう言ってその場に腰を降ろした。藤蔵もお栈もいた。船大工衆とその家族も全員いた。しかし虎吉は、背の順太がすでに息をしていないことに気が付いた。お和が順太に抱きついた。虎吉は順太を抱きかかえ、生き返らせようと何度も何度も名前を呼んだ。お栈が、狂ったように泣き喚くお和を抱きしめ、藤蔵は茫然と順太の頭を撫ぜていた。

津波は昼過ぎまでに何度となく押し寄せて来た。大きなものは四丈（十二米）以上あり、駿河湾内で増幅し、さらにこの小さな湾の内で増幅して駆け上がって来たのだ。

引き始めたのは、かなりたってからのことである。

虎吉たちは降りようとした。しかし道がなかった。夢中でここまで登って来たが、どうやって降りていいか分からなくなったのだ。そこは村を囲む山々に連なる小高い丘のすぐ下で、真城峠《さなぎとうげ》に近いことは分かっている。しかし誰も来たことのない所だった。

余震の中、虎吉たちが何とか村に帰り着いたのは、夕刻だった。

村中の家という家は、土台だけ残してすべて流されていた。

村は小さな川を境に、こちら側が江戸の旗本の知行地、向こう側が沼津藩の水野家の領地に分かれている。こちらの名主が太田家、向こう側が松城家で、他に富有な家が何軒かあるが、それらの大きな家々も全て流されていた。山に近い寺々の黒屋根だけは残っていたが、しかしその内部は、土壁まで流されてしまったようだった。

皆はその寺々に分宿した。そして明け方までにこの大地震と津波で村で百名ほどが亡くなったことを知った。順太もその一人だった。

船大工衆では、浜近くに住んでいた二人がその一家もろとも行方不明になっていた。しかし棟梁の藤蔵、先輩の嘉吉、藤吉、同僚の六助、若手の太郎兵衛、金右衛門ら六名は無事だった。

再び大地震が起こったのは、翌日午後のことである。虎吉は、お和、藤蔵らと寺で休んでいたが、そこを襲って来たのだ。皆は再び裏山に逃げこんだ。今度の津波も大きかった。しかも小さな地震が一日に何十回と起こり、虎吉らは生きた心地もなかった。

下田でオロシャの船が難破したとの話を聞いたのは、それから三日後のことである。下田は、この伊豆半島の南端の要港で、下田奉行所が置かれ、この夏のペリー総督の黒船四隻に続き、ちょうどオロシャ船が来ていて開国談判の最中だったという。その下田ももちろん壊滅状態で、続く大津波に下田四千人中の百名ほどが流され、下田八百九十軒の内、残された家は数軒のみだったという。すべて海に呑み込まれたのだ。しかし高台の寺々だけは無事だったという。

沼津のお城も崩れ去り、対岸の三島は大火、吉原宿（富士市）なども壊滅状態だった。対岸の火事の煙が黒々と天高く昇っている。

お和は寺で放心状態だったが、四日後にようやく順太の埋葬を認めた。亡くなった二人の船大工一家らと一緒の仮葬である。二人は涙で順太を弔った。藤蔵らは声もない。その間も余震はやまなかった。

やがて食料が尽き始めた。米も味噌も野菜もすべてが流され、寺々の炊き出しは家々にほんのわずか残った村中の米を集めたものだったが、それが尽き始めたのだ。このため、清水や沼津に食料調達の一隊を出すことになり、三十一歳の虎吉は、六助、太郎兵衛らとそれに加わった。三島は船なら半刻の距離である。しかし船という船が壊されていたために陸路を二日かけ歩いて行った。

そういった日々が二十日以上続いた。すでに十一月も中旬に入り、富士は真っ白になり、寺の池も凍り始めた。そしてそのころになって、最初の大地震は駿河湾沖、翌日のは紀伊方面で起きたものだと分かり始めた。次いで伊予の方面でも大地震が起こったという。

虎吉が、村の若衆六人と田子の浦に近い宮島の港にいた時である。

「オロシャの船じゃあ、みんな手を貸せ」

突然、役人や村主たちが触れ騒いだ。

虎吉は、食料調達を他の若衆に任せ、六助、太郎兵衛らとともに浜に駆け出した。

砂浜に出ると、果たして沖合に難破船が見えた。

長さ百三四十間（約二百三十米）はありそうな三本マストの巨大な異国船である。虎吉が初めて見る巨艦だった。

オロシャのプチャーチン提督の軍艦ディアナ号で、大砲を五十門以上積んでいると噂の巨大軍艦だった。しかし今その船体が大きく傾いている。下田での座礁の修理が終わらぬまま出航して、艦底から浸水して今や再び沈みそうになっているのだ。

よく見ると、その周りを百隻ほどの小さな和船が取り囲んでいる。乗っているのは近隣の漁師たちらしかった。それぞれの漁船が太い綱を巨艦と繋いでいる。彼らはもっと沖合いにあったディアナ号を全力でここまで牽いて来たのだ。そして何とか巨艦をこの浜まで牽いて来て、巨艦と乗組員たちを助けようとしているのだ。

と、西から天を蓋う黒雲が迫って来た。突然突風が吹き、冷たい雨が激しく降り出した。小舟たちは次々と綱を放して離れて行く。それぞれの港に急いでいるのだ。すると、突然綱を解かれたディアナ号は再び波浪に押し流され、沖に戻されて行った。そして突然遠くの小さな岬の近くで動かなくなった。再び座礁したのだ。そこは小さな岬からわずか三十間（約百米）ほどの位置だった。

浜には千人ほどの村人が集まっていた。そして何とかオロシャ船と乗組員を助けようと、全員が砂浜をその小さな岬目がけて走った。

激しい雨が顔面を叩き、寒風が吹き荒ぶ。しかし村主から壮年の漁師、女衆、若衆に婆さんまでが声にならない声を挙げて走った。

何か熱いものに、全員が突き動かされていた。遠い海の果てからここまで来た異国の乗組員たちを助けずにはいられなかったのだ。

若衆が長い太綱を幾つも運んでいる。小舟を運んでいる。

岬に着くと、直ちに小舟に若衆数名が飛び乗り、巨艦を目指した。

村主や老人たちが岬の側に手早く小屋がけを始め、女衆はそこに鍋釜を運び込んで、なけなしの米で炊き出しの準備を始めた。

小舟は波浪に何度も転覆しそうになった。しかし何とか巨艦に漕ぎ寄せ、巨艦から投げられたロープ付き浮輪に太綱を通して、岬の砂浜と巨艦の間に太綱を張った。浜では何人もの壮年の漁師がその太綱の片方を握っていた。やがて一層のボートが巨艦から降ろされ、六人の乗組員がボートに乗り込み、太綱につかまって何とか浜に到着した。浜では大歓声が起こった。雨と寒風吹きすさぶ浜である。六人には直ちに小屋で暖をとらせ、暖かい食物をふるまった。しかしその直後から嵐がさらに激しくなり、次のボートはついに出せなくなった。翌日も終日嵐だった。虎吉たちは、自分たちも何とかオロシャ人を助けようと村に残った。虎吉は、時折海を見に行った。しかしディアナ号は、傾いたまま沈没せずに波間に残っていた。

その翌日ようやく嵐は止んだ。しかし依然風が衰えず波が高い。

曇った、身を切るように寒い朝で、富士は見えなかった。

準備が整い、巨艦から最初のボートが降ろされた。

岬の浜では、この朝も千人ほどの村人が集まって大きな焚火を幾つも焚き、小屋〳〵で炊き出しの準備を整えていた。全員が何とかあの哀れなオロシャ人たちを助けようと必死だったのだ。

虎吉は、六助、太郎兵衛、村人たちと共に太綱にかじりついた。

と、突然死んだ順太の顔が目の前を揺曳《ようえい》した。漁師の父が海で死に、母親に育てられて漁師を継いだが、やがて船大工の棟梁の娘と恋に落ち、ついに養子となって船大工の世界に飛び込んだ自分である。最初は鑿《のみ》やかんなの使い方も分からず、苦労の連続だった。しかし順太が生まれると、急に全てが変わった。現金なもので船大工衆は突然自分に優しくなり様々なことを教えてくれるようになった。母が死ぬと、それからは順太の成長だけが糧になった。しかしその順太が死んでしまった。唇に血を滲ませた蒼白の死顔が蘇った。

虎吉は全身全霊で綱を引いた。涙が止まらなかった。

最初に到着したのは、医師と病人たちだった。彼らは砂浜に着くと、蒼い顔で波間にひざまずき、素早く十字を切った。彼らの神に感謝の祈りを捧げたようだった。そして自ら濡れ鼠となって抱き起こしてくれた村人たちに感謝の言葉を囁き、涙を流し続けた。

ボートは何度も往復した。しかし途中で流されることもあって、やがてボートが足りなくなった。すると、オロシャ人たちは小綱を一本ずつ自分の体に巻き付け、それを浜までの太綱に繋いで、一人ずつ海に飛び降り始めた。何人もが波に流されそうになった。しかしその都度そばで待機していた漁師たちの小舟が助け上げた。

こうしてオロシャ人全員が浜に上陸したのは、七つ（午後四時）過ぎのことだった。村人たちは、あの巨艦にこんなにも多くのオロシャ人が乗っていたことに驚いていた。気が付くと、浜のオロシャ人は五百人以上にも登っていた。全員濡れ鼠だが、服装や態度でほぼその階級が分かった。最も立派な軍服を来て髭を生やし堂々としているのが一人、次に立派そうなのが二、三人、そして士官らしいのが二十名ほど、下士官らしいものが数十名で、残りの若い四百名ほどは水兵らしかった。

虎吉がプチャーチン提督を初めて見たのは、この時だった。

額が高く、知的な優しい目に、頬骨が高い。長く伸ばした口髭に口許はよく見えないが、二つに割れた顎が意志の強さを示していた。

焚火で濡れた軍服を乾かしながら、赤い顔で村人の誰かれ構わず抱きつき感謝の意を伝えていた。何人かの高級士官がそれに続いた。

プチャーチンを取り囲む副官や艦長、護衛兵らは、そんな提督と高級士官らを茫然と見詰めている。

「スパシーバ、スパシーバ」

やがてプチャーチンは虎吉の側にも来て、虎吉に抱きついた。

その碧い眼には何事にも動じない強靭さのようなものが垣間見えた。よく見ると、その鬢や口髭に白いものが混じっている。

虎吉は思わず言葉に詰まり、「よかったァ、よかったなァ」

怒鳴るように言って、プチャーチンを抱きしめていた。

高級士官たちも次々やってきて抱きつき、「スパシーバ」を繰り返した。
それから村人たちは、巨艦から可能な限りの積荷を降ろし、更に小舟で浜まで曳航しようとした。
しかし強風と高波で無人になったディアナ号はあっという間に転覆し、間もなく波間に消えていった。
プチャーチン提督以下オロシャ人五百名は、それを涙の眼で見やっていた。絶望的な眼をしたオロシャ人もいた。

このオロシャ人たちがこれから戸田に行くことを虎吉たちが知ったのは、その夜のことだった。オロシャ人たちは村人たちから離され、近くの寺に泊められていたが、その役人から聞かされたのだ。大人数のため、落ち着いてから徒歩で戸田に向かわせるという。

虎吉たちは驚愕して戸田に先行した。

しかし驚いたことに、二日後に村に帰り着くと、村中がこのことをすでに知っていた。虎吉たちが不在の間に、ディアナ号はお上の命で戸田で修理することが決まり、大砲など重いものはすべて下田で降ろしたが、下田から戸田に航行している途中で嵐に遭い、虎吉たちがいた宮島沖で座礁沈没したというのだ。

村の宝泉寺、本善寺が大急ぎで改修されていた。そしてその側に大きな家が三棟建てられつつあった。すべてオロシャ人たちの宿舎にするためだという。同時に、村へ入る三ヶ所に厳重な関所のようなものが建てられ始めていた。オロシャ人たちを戸田に隔離し、一般の日本人を一切戸田に入れないようにするためだった。

こうして戸田に帰ったプチャーチンは、造船を急がせた。

「これは、何とも小さな船ですな、わが国の千石船とほぼ同じ大きさの船ですが、これでいいのですか」

初めてオロシャ側から概略図を示された時、藤蔵は驚いて尋ねた。

和船の千石船は、通常全長約十五米、幅七・七米、深さ二・六米、積載重量約百五十屯で、示された概略図面の船とほぼ同じ大きさである。藤蔵たちはそれを幾度も造ったことがある。しかし示された概略図では、建造すべき洋船は全長二十五米、幅七米、深さ三米、排水量八十八屯に過ぎない。千石船を幾分細長くしたような船型である。船体の構造はもちろん大きく違い、帆数やその張り方なども全く違うが、到底五百人を一度に運べる船だとは思えなかった。

「はい。残念ながら、今のわれわれの手許にはこの船の分しか詳細な図面がないのです。従って、同じものを造るしかありません」

主席で長身のヒュードリュワナが、困惑顔で言った。これをロシア側通訳がオランダ語に訳し、それを森山が日本語に通訳する。

「これだと、沈んだディアナ号の十分の一ほどの大きさです。そしてこれに乗り込めるのは多くて三、四十名ほどでしょう。五百人全員が一度に帰れないことになると思いますが、よろしいのですか」

藤蔵は、なおも尋ねた。

「ダー（はい）。仕方がないのです」

「そうですか。しかし残された人たちはどうなるのですか」

「この船でまず提督ら幹部だけをロシアに帰します。そして提督は直ちに艦隊を連れてここに戻って来ます。それで全員を帰します」

「なるほど、そういうことですか。それなら分かります」

「では、個々の図面のご説明に入りましょう」

そう言って、オロシャの主席は笑顔で十数枚の図面説明を始めた。

常に側に控えているお上の書役が、会話をすべて書き控えている。

話が進むにつれて、藤蔵が虎吉を見返る回数が多くなった。

和船とは余りにも構造や造り方が違うのだ。しかも彼らが持っている図面の数値はメートルとかいうオランダと同じ寸法で、それをすべて日本の寸尺に計算し直さなければならないことも分かって来た。日本の優秀な船大工は通常経験一つで一艘を軽々と作り上げるが、初めての船だと、すべて寸尺の詳細な図面に頼らざるをえない。

虎吉はこれから自分がなすべき作業の膨大さに震える思いだった。

和船との構造の大きな違いは、竜骨、隔壁、甲板、そして横帆だった。和船にも、竜骨はもちろんある。洋船は樫や松などの太くて長い角材をそのまま使うようだが、和船は平板を釘で繋いだだけのものである。和船の場合、それに横板を張り、その間を板と釘で繋いで船体を造ってゆくのだ。しかし洋船はその太く長い角材竜骨の両側に、肋材と呼ばれる強靭な横材を四十組ほど組み込んで行く。

それが船体の骨格になるのだ。肋材が船の外板と繋がり、肋材と肋材の間に、二つの隔壁と船底の板、下甲板で囲まれた小さな密閉空間を造る。これが船底の両側に多数並んでいて、仮に一つの密閉空間が海水に破られても他の密閉空間には広がらない構造になっているらしいのだ。

「何と、船の上の全体に板を張るのですか」

次のオロシャ側の説明に、藤蔵が茫然と呟いた。

「はい。われわれは甲板と呼んでいます。長崎に来る異国船は昔から皆そうなっています」

不意に、森山が笑顔で言った。

一瞬、設計場に遠い長崎の風が吹き抜けた気がした。

この船の甲板は二層だった。説明では、ディアナ号のような大型船の場合四層や五層にもなるという。しかしこの船の場合、一番底の密閉空間の直ぐ上が下甲板であり、そこは貨物や荷物などを置く倉庫部分、乗組員が寝泊まりする居室部分、台所などに分かれている。そしてすぐ上の甲板が上甲板で艦長室、提督室はその後部に造られ、帆の巻上機や錨巻上機などもその中央部や前部に並べられる。

和船には甲板がない。大型船の場合、最後部の艫屋倉と呼ばれる船頭部屋にだけ甲板が張られることはあるが、普通は張らない。前部や中央部はそのまま船底板で、貨物や荷物の上を蓆や網代で蓋うだけである。いわば盥に帆を付けただけの構造だった。この構造では、後方からの風には耐えられるが、横風を利用するために横帆を付ければ、たちまち分解してしまう。しかし洋船は亀の甲羅に似た密閉構造である。強度の差は歴然としていて、この船なら横帆をつけても大丈夫だと虎吉は確信した。

そしてそんな船体が出来上がってから、二本の大マストを順番に吊り上げて、上甲板の中央部に開けられた二つの大穴に降ろし、それぞれ上甲板、下甲板、竜骨に固定するのだ。それからマストの両翼部分とか、上下の甲板を繋ぐ階段だとか、錨巻上機、帆の巻上げ機、操舵輪、舵などの諸装置、船首部分や船尾を取り付けてゆく。

虎吉には、毎時毎分が驚嘆と興奮の連続だった。

そして次の日からは、各部の詳細設計の説明が始まった。

しかし説明を受けてゆくと、やがてオロシャ側乗組員に造船経験のあるものがいないことが分かって来た。ディアナ号の図面なども全て流されてなくなっているため、オロシャ側が唯一頼りにしたのは、モジャイスキーという技術将校がたまたま持っていた数年前オロシャの首都ペテルブルグとやらで発行されたロシア海軍の機関誌に載った図面だったのだ。それは軍艦ではなく、二本マストの大型ヨットの図面だった。このために、オロシャ側は大型船の建造を諦めたのだ。

そしてこの瞬間から、洋船造りは、藤蔵、虎吉たちとオロシャの技師たちとの共同の手探り作業となった。虎吉たちには、これは小気味がよかった。教わるばかりだと思っていたのが、この日を境に虎吉たちが教えることも増えていったのだ。

一方、韮山代官の手代たちは、資材の確認を急いでいた。

資材調達を請け負った韮山の手代たちは、ちょうど韮山で反射炉を建設中で、こういう新しいものを造る時は思いもよらないものが突如として必要となり、その調達や製造に当初予想しなかった時間と労力を要することを経験上知っていたのだ。

洋船建造には、大量の良質の木材と鉄、帆やロープを造る繊維と布類などがいる。それらは和船と一緒でほぼ想像がつく。しかしそれ以外に何か特別なものがいるのかどうかを予め確認しようとした。それでなくとも大地震と大津波の直後である。遠隔地からの調達が必要となると、通常の何倍もの時間と労力がかかるのだ。

「変わったものですか。そうですね。まずタールですね」

手代の問いに、オロシャ側の主席は思い出したように答えた。

「タールだと。それは、大ごとだぞ」

手代たちは、すぐに分かったようだった。

韮山反射炉での鉄造りに石炭を何屯も焼いた経験があるのだ。

「一体何ですじゃ、それは」

藤蔵は尋ねた。虎吉らも全く分からない。

「石炭を高温で焼いた後に残る液です。黒いドロドロの液で、これを船底に塗るのでしょう。確かにこれなら、水漏れは起こらない」

「ああ、槇はだと同じものようなものですな」

「はい。和船の船大工は仕事が密ですから、私が知る限り、タールのようなものはほとんど使わない。しかし異国の船大工たちは雑なのでしょうな、そのタールとやらを多用します。石炭なら長崎ですから直ぐに取り寄せて、ここでそのタールとやらを一から造るしかないでしょうな」

長崎出身の森山が、訳知り顔で言った。

森山の言う通りだった。和船の場合、船体に使う大板二枚をまず縫釘で接合し、その接合部の両側の板を金槌で何度も叩いて潰し、一枚と見分けがつかぬほどにしてしまうのだ。すると、水中で木が膨張して接合面が水密になり、驚くほど強靭な船体になる。そこで、心配な場合にだけ、「槇はだ」と呼ばれる充填剤で補強するのだ。

早速長崎奉行所に石炭供給の問合わせが飛んだ。しかしそれが戸田に到着するのは早くて一月後だという。しかもタールの製造機械とやらも新しく造らねばならない。それが完成しても必要な品質のものが必要なだけ出来るには、さらに二、三ヶ月を要することだろう。

仕事が始まった日から、藤蔵と虎吉は、太田屋敷に泊まりこみとなった。お栈とお和は元の家の近くに建てた掘立小屋に住み始めたが、そこにはほとんど帰れない。他の船大工たちも同じだった。毎日のように新しい船大工や人足たちが到着し、造船所周辺に小屋がけしている。自分たちだけが家に帰るわけにはいかなかった。しかも毎日毎時が緊張の連続である。どろどろに疲れ切って、夕食後、皆で酒を酌みかわしながら明日の作業の打ち合わせをするのだが、そのころになると、その場で鼾をかき始めることも多かった。

「もう一つありました。銅板です。銅板で船底を蓋うのです」

しばらくしてから、オロシャ側の主席が言った。

「それは船食い虫のためですか」

藤蔵が尋ねた。

「そうです。船の重心を低くすることで船の安全を保つためでもありますが、主に船食い虫のためでもあります」

ようやく打ち解けて来た主席は、笑顔で片眼をつぶって見せた。

この船は全て木材製である。角材竜骨と主肋材三十五組、副肋材十一組で支えられている。船底に隔壁があり、一ヶ所が浸水しても他には影響を及ぼさない。しかしマストが高いため簡単に転覆する可能性がある。それを防ぐために、船底を重い銅板で被覆する必要があるというのだ。同時に船食い虫の被害を避けるためである。

船食い虫は、昔から世界の船乗り共通の頭痛の種で、海水と淡水の境目に住み、放置していると、半年かそこらで巨船の船底でもぼろぼろにしてしまう。銅板は確かにその予防にもなりそうだった。

しかし銅板の調達は簡単で、手代たちは笑顔で頷いた。

オロシャ側の主席は、さらに滑車や巨大な歯車などをあげた。しかし滑車も歯車も問題なかった。滑車は和船でも使うし、巨大な歯車の図面を見せても鍛冶たちは驚かなかった。ただ一つだけ難しいものがあった。締め具にするという鉄製のボルトとナットである。

ナットは、外側は六角形や八角形だが、内側は円形で内部にネジを切っている。物を固定するのには、これ以上のものはなく、大小の多数が必要なようだが、こんなものをどうやって造るのか、呼び寄せた鍛冶屋たちには想像もつかなかった。

「おい、ちょっくらいいか」

太田屋敷に泊まりこんで十何日目かの夜、六助が虎吉を呼び出した。

六助は、藤蔵の遠い親戚の子で一つ年上である。渋い美男で二児の父親だが、依然村の娘たちに人気がある。大の博打好きだった。

自分は律儀で多少頭がいいことだけが取り柄だ。六助と二人きりで向かい合うと、虎吉はいつもそう思い、なぜお和が自分を選んだのか分からなくなる。お和と六助の余りの仲の良さに、順太は本当は自分の子ではないのではないかと思い悩んだことすらあった。

「虎、松崎の衆が、図面がよく分からねえと言っとるじゃ」

六助はそう言って、虎吉が昼間渡した大舵の概略図を取り出した。

「この大舵の付け根の構造じゃが、上下のそれぞれに穴が二つあるわな、こりゃあ何じゃ。何かの間違いじゃねえかってな」

六助は、髭剃り後の濃い頬を見せて言った。

虎吉は、即座に事態を理解した。

昨日のオロシャ側の説明に虎吉自身が思ったのと同じ疑問が、今夜松崎衆から出て来たのだ。図面には藤蔵と自分の印が押してある。しかし藤蔵にそんなことは言えない。そこで自分に言って来たのだ。

「すまねえ、六さん。おらっちの説明が足りなかった。こりゃあ、洋船との舵の仕組みの違いだ。和船の舵は手で操るだけで簡単だが、洋船は違う。上甲板の中央に操舵輪ってやつを置いて、それをガラガラ左右に回すことで、舵が左右に動く仕組みじゃ」

「やはりそうか。ということは、船の中央部から船尾の舵を動かすための何か大きなカラクリが甲板下を走っていることだな」

「はい。さすが、六さん、その通りですじゃ。そのカラクリの中に歯車や滑車が幾つも入っていて、それらを鉄の長い紐で繋いで舵を動かすんです。上下二つの穴はその鉄製の長い紐をそれぞれ繋いで、操舵輪の動きを舵に伝えるためのもんです」

「なるほど。分かった。何となく分かった。要は、間違いねえんだな」

六助は鉄火場で啖呵を切るように言った。

「間違いねえじゃ」

虎吉は小さく呟いた。ふと、六助を抜いた気がした。

「分かった。頑張れよ、虎。現場は全て俺が抑えてやるからな」

六助はそう言って、爽やかな笑顔を浮べて帰って行った。

概要が決まると、現場では早速船台を造る作業が始まった。

作業の手順も和船の場合とは違った。まず船台には浜に向かって僅かな傾斜を付けること、そして船台の残る三方には三米ほどの垂直の壁を造ること、そして船台の底に太い丸太を何本も一定間隔で横に並べることである。

虎吉にはその理由がすぐに分かった。和船の底は平べったく、そのまま浜に置いていてもまず倒れることはないが、洋船は竜骨だけが船台と接する。このため、多数の支え材が必要で、多数の支え材を船台の垂直の壁に当てて船体が倒れるのを防ぐのだ。船台の底の太い丸太は、竣工していよいよ進水する時のためであろう。建造中は無数の止め木で船が滑り落ちるのを防いでいるが、止め木をすべて離すと、船は一瞬で湾に滑り落ちるはずである。

こうして全ての図面を設計し終わるのに、五十三日がかかった。慣れない洋船ばかりではなく、その部品として必要とされる様々な船具や金属部品、洋帆、ロープ、滑車などの仕組みをまず理解すること、そしてそれらを間違いなく寸尺に換算すること、そしてその図面化にあっという間にそれだけの時間がかかってしまったのだ。

この間、お上は予備船だと称して、藤蔵、虎吉らに船台の横にもう一つ船台を作らせ、同じ洋船をもう一隻建造するよう命じた。

藤蔵、虎吉ら七人の船大工衆はますます多忙になった。しかし韮山代官の手代たちの資材調達は順調に進んでいるようだった。

造船所の前は、今や天領各地から切り出した松や楠で溢れていた。松は沼津の千本松原から切り出したものが多いという。金具は水線上のものを銅製とし、他は鉄製とした。鉄は韮山の反射炉からのものも使われた。もっとも苦労したのは、帆とロープに使う麻や木綿の調達らしかったが、手代たちは多くを語らなかった。しかし一組分の分量しか集まっていないとのことだった。そしてタールも韮山の手代たちの手で、石炭の乾留装置が造船所近くに建てられ、早速稼働が始まり、周囲に異臭を漂わせ始めていた。

それればかりではない。船に使う様々な金属類、道具類を造る小工場、巨大な帆やロープ群を造る小工場などが次々とその近隣に建てられて行く。一帯は、さながら掘立小屋の小工場群だった。

この間、思いもよらぬことが起こった。

韮山の殿さまが急死したのだ。寒風が吹きすさぶ一月十六日のことである。虎吉らがそれを知ったのは、翌々日のことだった。過労からだとの噂で、作業は一日中断したが、翌日には手代たちも帰って来てすぐに作業に加わった。殿さまの遺命があったという。

この殿さまがいなければ、ここ戸田で洋船の造船所を造ることもなく、優秀な手代たちがここに来ることもなかった。そして韮山代官所の持つ膨大な西洋の知識、反射炉の知識がなければ、タールなどをこんなに早く造ることも出来なかった。そう思うと、虎吉は韮山に足を向けて眠ることが出来なかった。

こうして設計図が出来上がると、造船作業は意外に早く進んだ。

作業に当たったのは、松崎、土肥などの熟練船大工ばかりである。船体はわずか一月ほどで出来上がってしまった。その竜骨と肋材の繋ぎ部分を見たオロシャの技師は、日本の船大工の仕事ぶりに感嘆した。日本伝統の高度な嵌め込み技法などを駆使しており、外見上繋ぎ目も分からなかったのだ。

しかも強度は十二分である。

そんな灰神楽が立つようなある日、突然異国船が湾の外に来た。

大騒動になったが、これはプチャーチン提督が雇った米国商船だと間もなく分かった。カロライン・フート号という二本マストの大型船で、これでオロシャ人の半数、二百六十名を先に帰すというのだ。一月前下田に来た船だが、交渉が長引き、ようやく合意に達したという。カムチャッカに向かうが、途中英仏の軍艦に拿捕《だほ》される可能性もあるため、プチャーチン提督らはこの船には乗らなかった。

村人たちは近隣の船まで総動員して、一日がかりでオロシャ人たち二百六十名余をこの船に運び込んだ。乗り込むと、米国商船はすぐに出航して行き、戸田には二百数十名が残されることとなった。

新造船の進水式は、それから二週間後の三月十日だった。しかし進水式はわずか五分で終わってしまった。船台に丸太を並べたオロシャ式の成果で見物に来た村人たちはその余りの速さに目を回した。

プチャーチンはこの村への感謝の意を表し、新造船を「戸田号」と名付けた。戸田号は、わずか百日、三月で完成したことになる。

藤蔵、虎吉らの自慢は、この戸田号に六挺の和式の櫓を据えたことだった。更に八門の小型砲の設置場所も確保した。櫓は万が一の補助推進のためであり、小型砲は実装されなかったが、将来の武装のためだった。これらは虎吉ら若手の提案である。この時点で日本側の技術力は、おそらくオロシャ側の技術者たちを超えたのだ。

それから戸田号は試運転を繰り返し、修繕すべきところを修繕した。日本を出航したのは、三月十八日の夜である。夜九時過ぎ、プチャーチンら五十余名を乗せて、戸田号は真っ暗な海に出て行った。

英仏軍艦に発見されるのを恐れて夜間に出て行くのだと虎吉は思った。聞くと、羅針盤の他に、夜でも星々の天測で船の位置が分かる精密な機器を持っているとのことである。恐らく下田で先に降ろした荷物の中にあったのだ。あるいは対岸の宮島で沈む直前に村人たちが降ろした荷物の中にたまたまあったのかもしれない。

虎吉らは、造船所の前の浜から戸田号を見送った。

残ることになったオロシャ人二百十余名も見送っている。

彼らは両手を挙げ、「ウラー」と叫んだ。

プチャーチンらが手を振っている。

「スパシーバ」「ウラー」と船の全員が大声で叫んでいた。

「気を付けてなぁ。無事でオロシャに着いてくれよ」

そう叫びながら、虎吉は涙が眼から溢れるのを止めることが出来なかった。そして白帆は間もなく見えなくなった。湾外に出たのだ。

その十五日後、隣の船台で建造していた二隻目が完成し、「君沢形」と名付けられた。そして戸田号の完成を見たお上は更に同型船三隻を造るよう命じてきた。

このため、牛が洞には新たに船台一つが造られ、船台が三つ並び、船大工、人足たちが更に多く集められ、牛が洞周辺、そして村全体は俄な造船事業に沸き立つほどの景気になった。造船技術の中心だった藤蔵、虎吉、六助らはその全ての中心となり、多忙を極めた。

虎吉が浦賀同心の中島三郎助を知ったのは、この時である。二年前ペリーの黒船に初めて乗り込んだことで有名なこの浦賀同心は、その後お上に洋船建造を建白し、浦賀で小さな洋船を建造したという。しかしその性能に多数の問題があったため、戸田の噂を耳にするや、浦賀の船大工を従えて血相を変えて飛んで来たのだ。

さらに肥前や水戸などの侍が、お上の許可を得て村内に入り込み、この日本最初の技術を盗み取ろうと動き回っていた。

これほどの人々の熱気を虎吉はかつて知らなかった。しかし造船所からわずかに離れたところに立つ三軒のバラックでは、残された二百名ほどのオロシャ水兵がひっそりと暮らしていた。

彼らはなすこともなく、日々監視されて時間を潰していたのだ。たまに村の娘に手を出そうとする者もいたが、たちまち露見して厳罰に処せられた。ある者は村の寺でオロシャ語を教え、反対に日本語を学ぼうとしているという。しかし一月たってもプチャーチン提督率いるオロシャの艦隊は帰って来なかった。

ところが五月に入ると、下田に入ったドイツ船グレタ号と急遽話がまとまったとの噂が流れた。そしてこれら二百名余は六月一日にそのドイツ船で帰国して行った。

そんな最中、虎吉と六助は、新しく長崎に出来たという公儀の長崎海軍伝習所へ行くように命じられた。韮山代官所の推薦だという。

三

虎吉が長崎の後オランダに留学し、その留学から帰ったのは、それから十二年後のことである。長崎の海軍伝習所は約一年で、ここでオランダ人から航海術など多くのことを学び、勝麟太郎や矢田堀景蔵など多くの人を知った。

船が夜間航行するための道具を初めて見たのも、ここだった。

六分儀といい、金色に光るその小さな精密機器に初めて触れた時は、さすがに手が震えた。しかし今では人に教えることすら出来る。

次に六助らと江戸の軍艦操練所の大工方お雇いとなり、初めて江戸に住んだ。それから勝麟太郎の咸臨丸での渡米に加わり、初めて米国と米国人を見た。そして帰って来ると、突然虎吉一人がオランダ留学を命じられたのである。榎本武揚、赤松則良ら幕臣九名、職人六名と一緒で、五年間オランダのライデンやドルトレヒトの造船所で言葉と造船を学んだ。職人は虎吉の他、塩飽の水夫頭二名、時計技師、鍛冶職など日本最高水準の職人たちばかりである。

オランダ行きで最も驚かされたのは、走る家と登る部屋だった。汽車とエレベーターである。最初汽車を見た時、長屋が突然走り出したように見えたし、ホテルのエレベーターに乗った時、部屋そのものが突如登り出したように見えた。他に驚かされたものは幾つもあるが、この二つほど驚かされたものはないように思う。

そしてある日、オランダの新聞で、虎吉はプチャーチンのその後の動静を知った。プチャーチン一行は、戸田出航後、日本南岸を進み、ほぼ二週間後カムチャッカのペトロパブロフスクに無事到着した。しかし英仏との戦争で前年秋ペトロパブロフスクに英仏海軍が来襲したことを知ると、危険を感じて直ちに出航し、宗谷海峡を経て一月後に沿海州の港に到着した。戸田号は無事に役割を果たしたのだ。

思わず涙がこぼれた。プチャーチンらはそこからは陸路を進み、首都ペテルブルグに五カ月後に到着し、皇帝に条約調印を報告したという。そしてこの功で、プチャーチンは伯爵になり、やがて海軍大将、元帥に進み、最近は教育大臣を務めたという。新聞記事は、その新大臣を紹介する記事だったのだ。

そしてこのオランダで、虎吉はオロシャが造船を学んだのがこのオランダだったことを知った。何と、皇帝ピヨトール一世というオロシャ中興の祖が自ら船大工に化けてオランダの造船所に潜りこみ、世界に冠たるオランダの造船技術を学んだというのだ。もちろんお付きの武官や家臣たちも大勢いたというから、オランダ側も知っての上のことだったのだ。これが百六十年ほど前のことだという。

しかしそのオランダも実は造船と航海技術をスペインから学んだという。そしてスペインは、それをポルトガルのエンリケ航海王子という王子が建てた航海学校などから学んだという。これらはピヨトール一世から百年、二百年前のことだった。また英国もオランダと同じころスペインなどから造船技術を学び、今では世界最大の海軍国家に上りつめているという。

虎吉が金時計を手に入れたのは、ピヨトール大帝も学んだ造船所だった。オランダの職工社会は時間に極めて厳しい。当時は多少遅れるくせがあったので、ある時オランダ人の職工長が笑顔でこれをくれたのだ。背中を思い切りどやされた気がした。以来何か次の動作に移る際は、必ず金時計の時間を確かめるのが癖になっている。

お上はこの間、二千五百九十トンの日本最大の軍艦「開陽」をオランダの造船所に造らせていた。オランダで造られた最大の軍艦で、留学生たちはその監督も兼ねていたのだ。そして「開陽」が完成すると、虎吉らはそれに乗って六カ月かけて帰って来た。

帰国してみると、驚いたことに、あれほど強大だったお上が風前の灯になっていた。

しかしお上は新しく海軍を創設していた。「開陽」を旗艦とした軍艦数隻に輸送艦十数隻からなるわが国最強の艦隊で、榎本がこの司令官になった。海軍奉行は、あの咸臨丸の艦長で一緒に米国にいった勝海舟である。間もなく大政奉還となったが、翌一月には鳥羽伏見の戦いとなり、三月には江戸城が勝海舟と西郷隆盛によって無血開城し、将軍慶喜が水戸に蟄居して、お上は滅んだ。

戸田でお上を代表した川路左衛門尉は、江戸開城の当日、自宅でピストル自殺して果てたという。

しかし榎本ら海軍首脳は薩長の新政権への降伏を拒絶し、艦隊を東北、そしてさらに蝦夷地に向かわせ、箱館を首都とする新国家の樹立を図った。虎吉はそれに同行した。そして大鳥圭介、土方歳三らの幕府陸軍、会津などの陸軍部隊が東北からこれに加わった。

開陽こそは、五年間オランダで虎吉らが持てる情熱を注ぎ込んだ技術の粋であり、汗の結晶だった。ところがその開陽が、敵軍掃討のために訪れた江差港で、突然の嵐に沈んでしまったのである。

にわかにゴメ（かもめ）が鳴き出したかと思うと、あれよあれよという間に雪混じりの暴風が吹き始め、錨が波に引き摺られて、開陽は港近くの暗礁に座礁してしまったのだ。そしてあの巨艦が徐々に浸水して沈んでいき、数日後には完全に波に呑まれてしまった。

虎吉は、機関長の中島三郎助らと文字通り血の涙を流した。中島はかつての浦賀奉行所与力で、戸田に浦賀の船大工たちと洋船建造を見に来た男である。長崎でも一緒で、それ以来の仲だった。

虎吉は突然あの時の大地震と大津波を思い出した。そして人間は、自然の猛威の前にはやはりなすすべがないことを改めて思い知らされた。

その箱館戦争は半年ほどで終わり、負けた虎吉は、榎本らと共に新政府軍の捕虜となった。しかし中島三郎助など多数がここで死んだ。そしてこの時、虎吉は本土に移送される船の中から箱館湾の隅で廃船同様に浮かんでいる戸田号を見た。戸田号はほとんど沈みかけていた。涙が出た。自分の境遇と同じように見えたのだ。戸田を出てから数年後にオロシャから帰されたことは耳にしていたが、まさか箱館で廃船同様になっているとは思いもよらなかったのだ。あるいは新政府海軍が輸送艦として使っていて、先頃の箱館湾での海戦で廃船同様になってしまったのかも知れなかった。

戸田号の後、戸田では君沢形《くんたくがた》の洋船が一番から六番まで造られた。さらにそれを小型化した韮山形と呼ばれる洋船が六隻造られたことを虎吉は知っている。戸田号以来わずか二年で十三隻もの洋船があの村で造られたのだ。これらはお上の海軍練習艦、輸送艦として使われたが、徐々に古くなり、多くが廃船となったと虎吉は聞かされていた。ところが、何と、あの戸田号が箱館にいたのである。

二年後、虎吉は牢から出され、新政府海軍に仕える身となった。類まれな経験と技術が新しい日本に必要だと説かれたのだ。間もなく横須賀造船所の船大工長となり、オランダで一緒だった造船所長赤松則良中将の下で、新政府海軍の造船部門を担当することとなった。

この時、箱館に行く機会があったが、戸田号はすでになかった。

数年間不在の時期はあったが、妻のお和は元気で家を守ってくれ、その後次々と出来た三人の息子と共に横須賀にやって来てくれた。

藤蔵とお栈は少し前に亡くなった。そして虎吉はやがて東京にも邸を持つ身となった。一方、戸田の船大工衆の残る五人もこの頃にはみな東京と横須賀に移っていた。東京では石川島造船所などである。

間もなく、新政府は独自の軍艦の建造を始めた。

最初は「清輝」だった。九百トンほどの軍艦で、明治の八年目に完成、明治天皇の臨席を仰いで進水した。次が、「天城」だった。清輝の二年後に進水した軍艦で、九百二十トン、大砲を六門積み、十一・五ノットで走行する優秀な軍艦である。次いで千三百トンの「海門」「天竜」。虎吉は、これら四隻の全てを設計した。

この四艦の中で虎吉が最も誇りに思うのは、生まれ故郷の名山天城の名を冠した二番目の艦だった。この時は、妻、息子たち、六助、太郎兵衛ら戸田の船大工衆、親戚一同を進水式に呼んだ。そしてこの夜大宴会を催して一同と往時を思い出しながら酒を酌み交わした。思えば、この時の酒ほどうまい酒はなかったような気がする。

それからの十年はあっという間に過ぎた。

虎吉はいつの間にか定年に近づいていた。仕事はすでに後輩たちに任せてあり、今さら虎吉のすることはほとんどない。悠々自適の生活だった。妾もいる。世間も明治も十何年かになると、十年の西南戦争までのような殺伐とした雰囲気はなくなり、最近は本当の新時代の到来を告げていた。近く議会が開かれるというし、海軍も旧幕の勝海舟や榎本武揚が海軍大臣になる時代は終わり、西郷従道や大山巌などの薩摩っぽが海軍大臣を占める時代になっている。彼らは富国強兵を唱え、何やら途方もない大海軍建設を推進しようとしていた。

虎吉は、孫娘のお栄の手を引いて砂浜から岸壁の上に上がった。

夜が足早に近付いて来ていて、遠い波打ち際はすでに見えない。

息子夫婦が駆け寄って来る。その時、ふと直ぐ近くの船大工らしい家の家の中が虎吉の目に入った。傾きかけた家の暗がりで、若夫婦が灯りも点けず懸命に下駄の鼻緒作りの内職をしている。男の子がその母親の肩に抱きついて、何か甘えるように言っている。

虎吉は、瞬時に往時を思い出した。

船仕事のない時、お和と一緒に暗い部屋で明け方まで下駄の鼻緒作りの内職をして糊口をしのいでいたあのころの自分たちである。

あの大地震、大津波がなかったら、自分は今も彼らのように暗がりで鼻緒作りの内職を続けていたかも知れないと虎吉は思った。

あの時プチャーチンが下田にいなかったら、そして何よりもあの時対岸の宮島にあの村人たちがいなければ、あのディアナ号とオロシャの乗組員を助けようとした千に及ぶ老若男女がいなければ、あのたぎるような熱い優しい心がなかったら、プチャーチンらは助けられなかっただろう。そして自分は今ここにはいなかっただろう。

自分は皆に生かされた身なのかも知れない。ふとそう思った。戸田の、伊豆の、そして駿河の人々に生かされた身なのだ。こんなことは、戸田を出て二十数年間一度として思ったこともなかった。お和を失くしたせいかも知れないと思った。だとすれば、これからの一生はこの故郷に帰り、何が出来るか分からないが、故郷からもらったものを出来る限り故郷に返すことだと虎吉は思った。

一瞬、あの時の情景が蘇った。崩れた家、順太を背にお和と駆け上がった坂道、岬を乗り越えて来た大津波、すぐ側まで押し寄せて来た黒い海水の舌先、必死でよじ上った崖、その砂礫と枯れ草、頼りない枝の感触。お和の肩で息する姿、そして順太の蒼白な顔。

思えば、この浜からこの国の造船が始まり、この浜は一時は造船のみならず、この国のあらゆる機械に携わる人々の中心だったのだ。しかし今は、宿舎での宴会を待つ人々の声だけが聞こえる静かな村である。

「ねえ、おじいさま。ご覧になって、富士山が真っ赤よ」

お栄が、突然虎吉の手を握り締めて、感動したように叫んだ。

振り返ると、夕闇の上に、巨大な赤が突兀《とっこつ》と聳えていた。


（完）

メッセージ部門

最優秀賞

〝赤電《あかでん》〟に乗《の》って

藤森《ふじもり》　ますみ

「遠州浜松広いようで狭い、横に車が二挺立たぬ」と俗謡に唄われたのは、今からおよそ百年前のことである。

遠州鉄道史によると、浜松〜西鹿島間に軽便鉄道が開通したのは、明治四十二年十二月であった。これが現在、浜松市民の足となっている〝赤電〟の始まりである。

停留所は十七カ所で、全長約十七・七キロメートルは、遠州地方最長の軌道距離だと記されている。運賃は十三区に分けられ、一区間二銭。始発から終点までが二十六銭で、当時の物価水準からすればかなり高額だった。

開通当日の模様を、静岡民友新聞が報じている。概略を紹介しよう。

「浜松軽鉄の試乗」当日は半額でもあった為、沿道の人々はわれ先にと乗車を試みた。駅ごとに満員以上となり、定員二十八名に対して、四十名以上を乗せ込んだことで速力が落ち、一時間余も立ち往生をした。ぎっしりと詰め込まれた乗客は不平を漏らし、短気者は下車して歩き出した。結果夫々が鉄道より早く目的地へ達したとは、大笑いの話だ。

と、結んでいる。新しい時代の到来に狂喜する人々の様子が目に浮かぶようである。

大正八年、遠州軌道と社名を変えたが、その監査役の中に、金原明善の名前を発見した。天竜川の治水に尽力した郷土の偉人である。

その後、合併や社名変更を繰り返しつつ、現在の遠州鉄道に至っている。

浜松市民でもない私がなぜ赤電に興味を抱いたのか。話は五十年近く遡る。

当時十代だった私はある決意を秘め、西鹿島に単身赴任していた父親を訪ねた。初めての赤電だった。目的地は終点と承知してはいたが、心細くて停車ごとに次の駅名を確認していた。

西鹿島駅に着いた。

駅前の公衆電話から父の会社に連絡をした。

父がすぐに駆けつけた。驚きで目を見開いた父の額には、汗の玉が浮かんでいた。だが、なぜ来たのかとは聞かなかった。

顔を合わせたものの、互いに言葉が見当たらず、待合室の固いベンチに座り続けた。

真っ赤な車体の電車がホームに入って来ては、また出て行った。

外面はいいのだが、家庭内では不器用な父であった。子どもを自分の膝に乗せたり、おんぶしたりということが出来ない。私もまた、甘えることが下手な娘だった。だが、いつまで反抗期をやっているんだ、という自省の念が強くなる年頃でもあった。

二人して何本の赤電を見送っただろう。

私が帰りの電車に乗り込もうとした時、ぼそっと父が呟いた。

「来てくれたんがうれしかったんや……」

終生父は、郷里の訛りを直そうとはしなかった。

今年のお盆に父の墓参りに出掛けたのを切っ掛けに、私は小旅行を思い立った。行先は勿論、西鹿島である。


当初赤電はその名の通り全身が赤一色だった。半世紀ぶりの電車は、二輛編成はそのままだが、車体の横腹に鮮やかな白のラインが走り、ドアにも斜めに白線が流れていた。

現在の赤電の利用者は一日約五万一千人だという。政令五十万都市浜松の人口の約一割が、赤電を利用している勘定になる。停車駅は十八になっていた。

新浜松駅では隙間なく立ち並んでいた高層ビル群も、四番目の八幡を過ぎるころには視野から遠ざかった。変わって民家の屋根が連なる。街の緑が濃くなってくる。

六番目の曳馬は「引馬」の字を当てられていたが、徳川家康が引馬城へ入城し、増改築を経たのちに、浜松城と改名されたという。

全線の所要時間は三十二分で、各区間は二分に満たない。途切れることのない乗降客を見るにつけ、赤電が市の中心部を走っていることを痛感する。

西鹿島駅に着いた。雨だった。

駅舎は昭和五十四年に再築されたと、年配の駅員が教えてくれた。

記憶に触れてくるものを探した。

そうだ、あの日父に連絡した公衆電話。

あった。だがそれは、屋根に瓦を乗せた観光用の洒落たボックスに変わっていた。

遠い映像の中で探り当てたのは、道路まで緩い勾配が続く駅前広場、それだけだった。

無理もない。私は自分に言い聞かせた。

頷いて乗り込んだ赤電の発車間際、私はもう一度改札口を見た。単線の小さなホームに、白髪交じりの男性が佇んでいる。硬い髪の毛を持て余していた父とイメージがダブった。

父が、見送っている、あの時のように。

優秀賞

四十一年目《よんじゅういちねんめ》の富士山《ふじさん》

渡会《わたらい》　三郎《さぶろう》

「どうだ、行ける所まで歩いて登ってみないか？」と誘う私に、「この靴じゃあ無理無理、それにもうオバさんだし」と首を横に振ってから、義妹が思いがけないことを口にした。

「あの頃なら絶対頂上まで登ってたのに。――本当はあのとき東京タワーじゃなくて富士山に登りたかったのよ」

「姉さんは仕事でつきあえないけれど、俺が明日どこかに連れて行ってあげるよ。一番行きたい所はどこ？」と問う私に、渋谷や新宿ではなく「東京タワー」と答えた義妹。やっぱりお上りさんかと内心がっかりした私だった。

大阪、奈良、京都への修学旅行（当時の沖縄の高校では希望者のみだった）には参加せず、那覇から船で二昼夜かけて私と姉が住む風呂なし、共同トイレのオンボロアパートにやってきた義妹。

要望通り東京タワーに連れて行くと、展望台から見える冠雪した富士山に義妹は釘付けになった。

そして、帰るとき、外階段を使って降りたいと言い出した。

「けっこうきつそうだから、義兄さんはエレベーターにしたらいいよ」と笑う義妹に不承不承付き合った私、階段の途中で何度も立ち止まっては富士山を眺める義妹。

「あの頃、義兄さんは大学生、姉さんは喫茶店の店員で貧乏だったでしょ、遠慮したのよ」

「富士山に行くくらいのお金なら――」

「でも、あれで良かった。もしあのとき富士山に登っていたら、私は二度と本土に来なかったかもしれない……。富士山よりも義兄さんたちのフォークソングの『神田川』のような同棲生活が眩しかった。姉さんが有り合わせの具で作ってくれたチャーハンの味、今でも私、懐かしく思い出すわ。大阪でたこ焼き食って、奈良の大仏さんを拝みに行った同級生よりずっと素敵な修学旅行だったはずよ」

なぜ富士山に登ればこちらに来る気が失せるのか、意味がつかめない私を他所に、義妹の感慨が続いた。

「パスポートなしで本土に渡れるようになったとき、私は父さんと母さんに本物の富士山を見せてあげたかった」

焦土と化した戦後の沖縄で最初の鉄筋コンクリートのビルを設計施工したことよりも、「ワシは元帝国海軍の水兵だ」とそのことを誇りにし、沖縄の祖国復帰運動に熱心であった義父。ちょっとした行き違いでひめゆり部隊の学徒になり損ね、「戦後の私の人生、付録さあ」と太った腹を揺らせて大笑いしたことのある義母。

「あんた、親を見捨てて家出した私よりずっと親孝行だわ。私はこっちに来ても富士山なんて全然興味なかったわ」と、妻。

「復帰後、富士山が近くなっただけよ。――そういう姉さんだって最高の親孝行したじゃない。ほら、ダッダッダッ」

意識朦朧、反応を示さなくなった目、けれど、親不孝娘の「もう一度ハーレーダビッドソンに乗ろうねえ」とハンドルを握る真似をしながらの「ダッダッダッ」という呼びかけには一滴の涙で応えた義父の最期。

かつてスリムな美少女が東京タワーから初めて見た富士山、それから四十一年目にビヤ樽のような身体で登った（といっても、バスで五合目までに過ぎないが）富士山は雲の上にある。

「遠くから眺める富士山は美しい。登ってみれば石ころだらけのただの山。でも、この雲海の見事なこと、やっぱり富士山は富士山だわ！」と、感嘆の声をあげる義妹に私は義母の顔を思い浮かべる。

故郷をメチャクチャにした敵国のオートバイで颯爽と風を切っていた男のことをすっかり忘れて、要介護4、「愛しい、愛しい若旦那様」と施設のイケメンの介護士に骸骨のように痩せ細った手で恋文を書く義母。

その祖国のために踏み台にされた沖縄の義母にとって、容姿端麗なこの山は今もなお恋人のように愛しい存在かどうか……早い話がこの山は日本人度を測る一つの物差しのようなものか……と、そんな感傷に浸る私の足元に風に乗って雲の波が押し寄せて来た。

優秀賞

M《えむ》さんの鮎《あゆ》

中川《なかがわ》　洋子《ようこ》

「ねぇー、鮎を食べに行こうよ」と、私。

「又かよ。本当に好きだね」と、夫。行き先は、下田から、小一時間ほどの「道の駅　天城越え」の一角で、鮎の塩焼きを売っているMさんの売店だ。

国道414号線沿いは、緑があふれ、季節の花々が咲き、沢地、林間を利用したワサビ田が点在する。

河津七滝ループ橋を少しスリルを感じながら車を走らせ、新天城トンネルを抜けると、「道の駅　天城越え」は、その先、左手にある。

車を駐車場に止め、ドアーを勢いよくパターンと閉めるや否や、私の足はMさんの店に向かっている。

鮎を焼く香ばしい匂いが、すでに私の嗅覚を刺激している。川底の石に付着する珪藻類を好んで食べる鮎は、香魚と呼ばれるように独特な香りを持つ。薄黄色の姿が美しい。

鮎の焼きあがりを待つ間に、店主と客人の隔たりもなく世間話に興ずることもある。

自称70歳のMさんは、北海道生まれ。長年寿司職人としてその腕をふるっていたが、現在は西伊豆に住み、12年前からこの場所で、鮎を焼いているとか。

Mさんの一日の仕事は、まず炭を熾すことから始まる。まるで、茶道の炭手前を見るようで、炭の重なり具合が美しい。黒い炭がゆっくりと時間をかけて、ホッホッと赤い色を呈してくる。以前は炭も地元のものを使っていたが、高齢化や、人手不足で炭を作る人がいなくなり、現在は輸入物を使っている。焼き魚は炭火が一番、と強調する。

その間に、竹串を鮎の口からさしこみ、波型うちといわれる手法で、姿を整える。

鮎は狩野川の放流鮎を使う。狩野川の源流は、天城峠付近ということになるが、本谷川や、猫越川の支流を集めて、南から北に流れている。

川底の石まで見えてしまいそうな澄んだ水の流れ、浅瀬あり、急流あり、岩陰あり、鮎の生息に欠かせない条件が揃っている狩野川は、古くから、鮎の習性を利用した「友釣り」のメッカで、五月下旬の解禁日には、全国から沢山の釣り人が訪れる。

川の沿線には、「オトリ鮎、アリマス」と書かれた素朴な木札が店先にぶら下がっていて何とも言えない風情がある。

秋に孵化し、冬は海に棲み、春に川に戻り、夏に大きくなり、秋風が吹く頃に産卵して、親は死んでしまうので、年魚とも言う鮎は、初夏から盛夏にかけて食するのが一番おいしい。

Mさんの店では、一年中、塩焼きの鮎を食べることができるが、それは、釣りたての鮎を急速冷凍することによって鮮度も味も保つことができ、解凍もMさんならではのコツがあるようで、職人独特の培ったカンの領域には素人が入ることはできない。

「鮎は、塩焼きが一番旨い」と言う人が多い。焼き方のコツは、何と言っても、十分に時間をかけ、強火の遠火で片面を焼き、脂がにじみでた頃に火を少し遠ざけ、内部まで、じっくり火を通し、その後、もう片面を焼く。合わせて三十分位かかる。

「お待ちどおさま、焼きあがったよ」。串を抜き、紙にくるんでMさんは、熱々の鮎を手渡してくれる。

独特の香ばしさがたまらない。頭からガブリ、中骨から尾ビレまで、残すことなく食べられる。身は、ふっくらと柔らかく、上質な脂がほのかに感じられる。体長も、17~18センチ位が私は好きだ。

川魚は苦手と言っていた夫も、Mさんが焼く狩野川の鮎が好きになった。

私たち夫婦は十五年前に、夜ともなればネオンがあふれる横浜のどまんなかから、南伊豆に移住した。

思えば五十年前、新婚旅行で訪れたのも、天城湯ヶ島だった。それ以来、何十回となくこの地に泊まり、先々で、鮎を食べて来たが、それほどおいしいとは思わなかった。旅館で夕食に出される鮎は、少々冷めていたせいかもしれない。

Mさんの鮎に出会ってから、その味の虜になった。とても幸せなことだと思っている。

夕景の中、豊かな水をたたえた狩野川が、キラキラ光っている。

「あなた、来週も、鮎を食べにひとつ走り。お願いね」。


（終わり）

優秀賞

朝《あさ》の野菜《やさい》直売所《ちょくばいじょ》

栗田《くりた》すみ子《こ》

退職したのだから、ゆっくり起きてゆったりと過ごせばいいのにと思いながら、なぜか早起きし、負けてはなるものかと、大袈裟かもしれないが、血が騒ぐ感じさえする。毎日曜日に私の中に生まれる一種の気持ちの高まりなのだ。

車を五分程走らせ、そこに着くともう人の列は七、八メートルになっている。どの人も農協が経営する直売所である「まんさいかん」のトマトがお目当てである。ここには、十数軒の農家からトマトが出荷され、その二、三軒の農家のトマトを狙って、買いに来る人の列なのである。テレビで取り上げられたり、口コミでその美味しさが評判になり、広まった結果なのだ。

ドアが開くや否や、人々はそのトマトをめがけて突進する。そして、一人が小袋に入れられたミニトマトを何袋も手にするのである。

かつて、私も、その突進する一人であったが、今はゆったりと時期の野菜を見て回ることにしている。とは言え、私もそのトマトを狙っていることは確かなのだ。

平日に時々野菜売り場を見に行くと、みんなが突進して買いたがるトマトが何袋かあったり山積みになったりしていることさえあるのを知った時から、突進おばさんから発見おばさんに変わることにした。しかし、良い物を手に入れようとする気持ちは、以前以上に増している。平日に行き、そのトマトを買うようになったと同時に新しい楽しみを見つけた。

トマト農家がかなりの量を出荷していても、昼過ぎには、ほとんどのトマトが無くなることも知った。評判になっていなくてもどのトマトも、お客に買われているのだ。トマトは人気野菜の五本の指に入る位だから需要が多いのか。みんなが突進した後に残されたトマトも、いつともなく無くなっていく。人気がなくともそれらのトマトの中に美味しいものがあるはずだ！　との思いで、密かに美味しいニューフェイストマトを見つけ出すことにした。

ミニトマトと言えども、もう少し成長して大きくなるのではないかと思わせる程、妙に小さい。しかし、色は深い赤みを帯び、いかにも私はこれで充分成熟していますと主張しているトマトを見つけた。突進トマト族が口々に発する○下さんの物でもないし、△山さんの物でもない。□本さんのものである。家に帰り早速洗い、口にしてみた。味が濃く実にうまい。やった！　突進族に知られてない、うまいトマトを見つけた。休日でごった返す中、そのトマトを何袋も買うようになった。

ミニトマトは○下さんのじゃなきゃいや！

なんて声を上げているおばさんが、今日は一歩遅かった。みんなに買われちゃったよ。と言う声を聞きながら、自分で発見！　自分で発見！　と呟きながら□本さんの物を今日は五袋買った。

レジを待つ長い列に加わっていると、おばあさんが話しかけてきた。

「あんた、随分トマトを買ったね。一人で食べるのかい。それとも他人様にやるのかい」

美味しいので自分で！　と応えようとすると
「ここのものは美味しいものね。第一、新鮮だしね」

と続けてきた。おばあさんは、昼食にするのか、出来合いの親子丼を手にしている。

「いつも、こちらで買うのですか」

との問いかけに
「ここに出荷しているの、セロリを！　うちのものは、甘味があるって評判なんだ！」

「そうですか。何というお名前ですか」

出荷される野菜には、どれも生産者の名前が付いているのである。今度、この笑顔のおばあさんの作る野菜が買いたくなり、尋ねてみたのだった。

「動物の名前が付くの。○さんと言われている。実は、○○なんだ！」

「そうですか。今度、見つけたら買います」

おばあさんは、それを聞くと尋ねもしないことまでおしゃべりしてきたのだ。

幼い頃に母親を亡くし、祖父と農業をやってきたこと、連れ合いが保証人になったばかりに三千万円の借金をし、それを返すためにがんばってきたこと、トマトと里いもは近くに植えてはだめなこと、マリーゴールドを畦に植えると虫が野菜につきにくいこと等々。会計を待つ間私に教えてくれた。

色々なことを知っていて、素晴らしいですね。それに、とっても働き者だと感想めいたことを言うと、みんなおじいさんに教えてもらったことで、嫁には、おしゃべりだと言われちゃうと返してきた。

「おしゃべりできることは、頭がいいんですよ」

と応じると
「そう言うことにしておくね」

と言って帰っていった。爽やかな楽しい朝。

早起きは三文の徳・地産地消、寝不足気味の頭に色んな言葉が浮かんできた。

優秀賞

雨《あめ》の中《なか》の如来《にょらい》

宮司《みやじ》　孝男《たかお》

浜松市北区細江町中川に宝林寺という寺がある。独湛禅師が開創した寺でその中国風な仏殿が国の重要文化財に指定されている。が、これから私が書こうとしているのは寺そのものではなく境内に置かれている五如来のことである。石に彫られた如来像が五つ並んでいる。私は若いときから寺や神社を巡ることが好きで、京都、鎌倉、奈良、福井などの有名な寺から静岡県内にある小さな寺や神社まで、相当な数の建物、庭園、仏像を見て歩いたが、そのほとんどは時が経つにつれ、次第に記憶が定かでなくなってしまった。

そんななか、この五如来のことは一向に忘れることもなく、むしろ、私が歳を重ねるにつれ余計に懐かしいものになってきた。宝林寺は私が住んでいるところからそんなに遠くないこともあって、近くを通り掛かったときなどちょっと寄ってみるのだが、五如来を初めて見た五十年前から石像の姿はほとんど変わりがない。ほとんど、と言うのはこの石像が雨や風にうたれるうちに多少は傷んだり苔がついてきたのではないかと思うからである。そう、この五如来の石像は屋根も囲いもない場所にただ置かれているのである。夏の昼には燃え立つ太陽が照りつけ、冬の朝には凍り付くような霜が降り、そして台風でも来た日には暴風がまともに吹き当たる場所に。

私が初めて五如来を見たのは高校の国語の教師の示唆によるのだが、その頃はまだ寺の境内ではなく、寺から東に二、三分歩いた森のなかに置かれていた。蓮の花の形をした台座の上に座った如来の高さはおよそ八十センチほどで、もし立ち上がれば私と同じくらいの背丈と思われた。ちょうど五月の新緑の頃で五如来の頭上にかぶさるようにして瑞々しい楢の若葉が風に揺れていた。初めて五如来を見たときの印象は今でもはっきり心に刻まれている。その悲しそうな表情である。これは高校生の私でも不意をうたれた感じだった。それまでに私の知っている仏像と言えば中学校の修学旅行先で見た法隆寺の百済観音像であったり薬師寺の薬師如来像だった。それらはいずれも柔和で慈悲に満ちた顔をしていたが少なくとも悲しそうには見えなかった。それが五如来像だけなぜ、悲しそうに見えたのかは私にもよく分からない。もしかしたらこの石像を私に教えてくれた教師がそんな意味のことを言っていて私もそうした先入観で見たと言えないことはなかった。しかしその記憶はずっと私のなかに残った。その後、この五つの如来像を何十回となく見たが初めに見たときの印象は少しも変わらないどころか益々強くなっている。

本当に悲しい顔をした人を見なくなったと思うことがある。笑ったり喜んだり怒ったり泣いたりしている人の顔は毎日の暮しのなかでもよく見る。スポーツの試合に勝って笑い、受験に合格して喜び、身内の不幸に遭って泣く。が、悲しみに沈んだ顔はあまり見ない。それは、本当に悲しい顔は人前では見せないとも言えるが、悲しみに負けたくないとか悲しいなどと言っていたら生きていけないという気持ちが優ってしまうためかも知れない。しかし、そうした気持ちは人にとって真に幸せだろうかと考えることがある。ときには深い悲しみに身を任せてもいいのではないだろうか。私たちの多くが豊かな暮しを求めて遮二無二働くようになったのはいつの頃だろうか。高い車に乗り、便利な家電を備え、しゃれた服を着るようになったのはそんなに昔のこととは思われないが、それと同じ頃から悲しい顔の人を見なくなったように思えて仕方がない。もちろん、悲しいことのない暮しは誰しもが望むところだが、ときには業のような悲しみからどうしても逃げられないことがある。私はそんな、人間の避けられない悲しみを現しているのが五如来だと思う。この石像の作者らしい名が台座に刻まれているが、ひとつの大きな石の塊から如来を掘り出し、その像に人間の宿命のような悲しみを込めたのはどんな人物だったのだろうか。現代のように美術展に入選したといってマスコミにちやほやと誉めそやされる時代では無論ない。来る日も来る日も物言わぬ石の塊と対峙しているのはどんな気持ちだったのだろう。誰かに依頼されて制作したにしろ、彫っているときは恐らく自分の心しか見ていなかったはずだ。建物も囲いもない野に置く石像だ。形といつまで残るかも分からない。なんのために自分はこの石像を彫るのだと自分の心に問い続けたのに違いない。そして最後に自分自身の悲しみを如来の像に込めた。

久しぶりに宝林寺を訪ねた日は雨だった。五如来は雨にうたれていた。いつにも増してその顔は悲しそうであった。頬を伝う雨の雫が涙にも見えた。私は差していた傘を足元に置くと、阿弥陀、釈迦、大日、薬師そして寶生の五つの如来に向かって両手を合わせた。

優秀賞

緑《みどり》のプリン

安藤《あんどう》 知明《ともあき》

「えっ、緑のプリンってあるんですか?」

実は、あるんです。でも食べられません。伊豆半島・伊東市にある大室山が、その緑のプリンです。自然がどうやってあれほど美しいプリン形のスコリア丘を生み出したのか、驚愕の至りです。私が訪れたのは五月。山肌は若葉の黄緑から、夏の深緑に装いを変えようとしているときでした。

標高五八〇メートルの山頂まで、リフトに乗って約五分。別世界が待っています。「お鉢めぐり」が整備され、山頂をぐるっと回ると、三六〇度の大展望が楽しめます。

「富士山は見えますか?」

勿論、見えます。大室山と富士山は切っても切れない縁があります。富士山の浅間神社は「木花開耶姫命」を祀り、大室山のやはり浅間神社は「磐長姫命」を祀っています。この二人の姫は、実は姉妹なのです。登って初めて知りました。こういう関係があるなら、大室山もぜひ世界遺産にして欲しかったですね。

展望コーナーも設けられており、富士山とのツーショットもバッチリ。でも、それだけで満足してはいけません。なんと、足湯まで用意されています。お鉢めぐりの後、富士山を眺めながらの足湯とは、なんといった贅沢でしょう。

ここで一句といきましょう。

　目には富士　足湯浸かれば　初夏の風
ご愛嬌でした。

直径三〇〇メートル、深さ七〇メートルの噴火口跡は、緑のお椀のようです。その底を目掛けて駆け下りていきたい衝動にかられたのは、きっと童心に返った証かもしれません。

「大室山って、噴火したんですか？」

ハイ、その通りです。三七〇〇年ほど前というから縄文時代、噴火して大量の溶岩が流れ出て、今の伊豆高原や城ヶ崎海岸が誕生したそうです。

お鉢めぐりはなだらかな上り坂となり、相模灘が見えてきます。登り切ると、感動の三六〇度の大パノラマ。飛行機に乗って空から眺めているような感じで、伊豆七島の大島、利島、新島、三宅島などが目に飛び込んできます。まるで海の中の杭のようで、橋を架けてみたいと思ったりもしました。

大室山から眺める天城連山は、覆いかぶさるように大きい。学生時代、『伊豆の踊子』を読み、また同名の映画を観て、妙にロマンチックな気分となって、私も天城山中を歩きましたよ。つい昨日のように当時の光景が蘇ってきます。大自然に触れ、心までもが癒されると、想い出もまた甘いオブラートに包まれているようです。

山裾から吹き上げてくる心地よい風を受けながら、今度はスロープを下ります。しばらく行くと、噴火口中腹へ通じる小径が見えてきます。冒頭紹介した磐長姫命を祀る浅間神社が、その先にあります。小さな祠ですが、パワースポットともいわれています。どこの神社に行ってもお願いするのは、「健康で長生き」です。これは神さまだけに任せておくわけにもいかず、お願いしても、やはり本人の日頃の摂生が大切ですよね。この年で、さすがに暴食はもうしないのですが、暴飲は昔とった杵柄で、今でも時々「禁」を破っています。磐長姫命さま、どうぞご加護を！

お鉢めぐりは、ゆっくり回っても一時間ほど。でも、それから得られる自然の恵みは、一攫千金に価します。大阪の我が家からここまで、十分に休憩を取りながらのドライブで八時間。ひと巡りした後、なんとも気分爽快ときて、得したかな。

山頂での締め括りは、ワサビソフトクリーム。文字通り、ソフトクリームに天城名産のワサビが練り込んであるのです。戸外のベンチに腰を降ろして一口舐めると、ツーンと鼻にくる感触がなんとも爽やか。

「どうですか？」

売店のお姉さん。

「たまりませんね。これ、病み付きになりそうです」

「皆さん、そうおっしゃいます」

でも、これってここの名物ですから、大阪に戻ってしまうと、もう出合えません。

「もう一つ！」

思わず注文してしまいました。これまでの人生七二年、初めてソフトクリームを二つ立て続けに平らげました。

伊豆半島は南からの贈り物、と聞いたことがあります。まだ地球の地殻変動が活発だったころ、南の島がどんどん日本列島に近付いてきて衝突し、とどのつまり伊豆半島となったらしいのです。というと、大室山もそれに乗っかってやって来たのですね。離れていかないようしっかり繋ぎ止めるのに、もっと多くの人が伊豆半島を訪れるといいですね。

特別奨励賞

あやめ祭《まつり》の発見《はっけん》

荒川《あらかわ》　百花《ももか》

祭りばやしの音が聞こえる。その音はゆっくりゆっくり近づいている。私はその音が聞こえていないくらいに高揚していた。

約八五〇年前、伊豆長岡に生まれたあやめ御前とその夫、源頼政をしのぶ祭りがあやめ祭である。狩野川まつりの次に盛り上がる祭りだけあって伊豆長岡では前日から血気盛んな声が飛び交う。もちろんあやめ祭目当てで来てくれる観光客もおり、町はそれなりに盛り上がる。私はゆっくりと盛り上がりの頂点へまるで誰かに誘われているかのように進んでいった。

弟が「ソーラン節に参加するんだって」と、母から聞いた時、私は初め軽く受け流していた。どうせ、友達の影響だろうと思い込んでいた。ソーラン節は長岡中学校の有志生徒が毎年あやめ祭で披露している。一日目、二日目と踊り続ける彼らは私には輝いて見えていた。そういった集団の一員となった彼は、それ相応の練習が必要であった。日に日に帰宅が遅くなる弟に私は一体どんな練習をしているのかと気になった。

本番一週間前に衣装が配られたらしい。家の外には達筆な白い文字で長中魂と書かれた黒い法被が風に靡いてその大きさを主張していた。私は、それを見て胸を躍らせた。

あやめ祭一日目の朝、弟は身支度を整えて笑顔で「いってきます」と言って出ていった。本番はその日の夕方だというのに朝から練習するからと言っていた弟は、少しだけ大きく見えたような気がした。

あやめ祭は、例年のごとく盛況を博していた。その日だけは、伊豆長岡という町が嘱目される。華やかな浴衣を纏った女性たちが、まるで吸い寄せられるように同じ方向を目指していた。そして彼女たちを更に美麗に見せるような祭りばやしや巧緻を施した飾りたちが夕焼けに見える星のごとく煌めいていた。

その中をまるで見えていないかのように急いで、ソーラン節の会場へ向かった。

会場に着くと、すでに多くの人たちが集まっていた。もうすぐ始まる。暗くなり始めた空が、少しだけ明るく見えた気がした。その空をまた暗くするように黒い法被を纏った彼らの姿はいつもより大きく見えた。少しの静寂は緊張と高揚を大きくしていた。ソーラン節の曲が流れると、生徒たちは大きな法被を揺らしてまるで波のようにその体を動かしていた。手のしなやかな動き、堂々とした足の動き、そしてソーラン節のかけ声……すべてにおいて完璧なパフォーマンスに会場が飲み込まれていった。先頭で踊る生徒たちの真正面で踊っていた弟は、努力の汗を流しながら、一列目のキレの良さを発揮していた。弟は夢中だった。日々のたえまない努力のたまものに私はおもわず涙を流してしまいそうだった。

あやめ祭も終わり、町は普段の姿に戻り、弟も平凡な生活に戻った。いつも通りに帰って来て、いつも通り学校の話をして……しかし私はあの感動を忘れない。忘れてはいけない。ソーラン節による集団の団結、必死な姿、そして、目標を達成した時の笑顔を。小さな町のお祭りだったかもしれないが、私はそこで大きな発見をした。来年もまた新しいあやめ祭を発見していきたい。

選評

◇小説・随筆・紀行文部門

鋭い女性の感性に感嘆

三木　卓

今年もみなさんの熱意のこもった作品を読むことが出来て楽しかった。書くということは、意識しないで自分というものをどこかで露出させてしまう行為でもある。それに自ら気付いたりするとなんとも恥しくなってぞっとしたことを思い出す。しかし段々図々しくなって、この文章にはその感覚があるからと、安心するようにもなった。それは自分を剥す、という行為なのかもしれない。

候補作のなかで、鈴木清美さんの「まつりのあと」が抜群の作品だった。感性の強く不安定な才気ある少女のイメージが、語り手の友人の記憶に鮮烈な情景を残していて、それらのシーンをつみ重ねていく構成になっているが、なっとくのいく決定的な筆致で描かれていて、印象深い。この少女だったら、こういう態度をとり行動するだろう。そのためにその後の人生がこわれることになっても、それが青春の可能性に挑戦する鮮烈な行動なんだ、と思わせられた。作者はこの作品を夢中で書いたと思うが、その熱度の高さで次作にいどんでほしい。

熊崎洋さん「銀鱗の背に乗って」は、七十二才の老漁夫が、心身に突発してくる体調の異変を、周囲にさとられないようにしながら生きる日々を描く。わたしは今年八十才になる老作家であるので、他人ごとではない題材だった。

主人公のために作者は、いろいろな手を考えてやり、行為のパターンを思いつく。それらはなるほどと思わせられる組み立てで、筆力もあり、よくまとまっている。だが、物語に意外性がとぼしく、現実にはもうすこし、ヘンなことや突発的な事件があるものだ。そうした予想外のおもしろさに欠けるところがある。

醍醐亮さん「赤富士の浜」は、幕末の大津波とそれに続いておこった難破した露船ディアナ号の帰港のために再建に従事した一人の虎吉の半生記。わたしがおもしろかったのは、これが日露親善の美談に終わらず、船の建造が幕府が近代化のために必要な技術を入手するための話であることがわかってくるところなどで、当時の具体的な造船の詳細がかなり明解に書かれているところだった。

倉持れい子さん「あぜ道」は、養護学園に通った十才の時のあぜ道を、四国へ去る前にたどる話で、女性らしい情感のあるものがたりである。

小説的味わいの濃い最優秀作

村松　友視

最優秀賞「まつりのあと」は、力みを抜いたスムーズ感に満ち、それでいて中学時代の微妙で不安な心もようをよく伝える、きわめて小説的味わいの濃い作品だった。入院している父の付添いのために出向いた病院という現実的場面から、そこで偶然耳にした少女時代の親友鈴木直美の名が、浜松まつりの夜の出来事を不意にみちびき出し、その記憶の底がたどり直される。そして、ふたたび現実の時間にもどり、四十歳を過ぎた女性らしい心情で自らの記憶をくる……その結構の中に、中学生の不安定な精神状態、違和感をおぼえながらも親友の危なさの内にある何かにそそられる主人公のもどかしさ、そして意味もつかめぬうち自分の前から姿を消してしまう親友の謎、浜松まつりの夜の華やぎと祭にふさわしい闇の誘惑などがきっちりとおさめられている。

優秀賞「銀鱗の背に乗って」は、自分の衰えの徴候に気づきつつ、周囲にはそれを悟らせずにきた老齢の漁師である主人公の、その自信の破れ目に怯えつつ過ごす刻一刻の姿が、具体性をともなって書かれている作品だ。最後に果てしない大海へと泳ぎ出るラストシーンは、自分の命を大海原にあずける大きい意味でのハッピーエンドであり、読み手に不思議な解放感をもたらすはずだ。ただ、主人公の性格やこだわりをつくるのは何なのかについての、いま少しの裏打ちが欲しかった。

　佳作「あぜ道」は、古稀をすぎた主人公が、東京都下の団地住いから、姑のいる四国への転居を決意し、その前に伊豆の宇佐美をおとずれるところからものがたりが始まる作品。十歳の頃に過ごした宇佐美の養護学園の跡地をたずねつつ、当時の複雑な事情を思い起こし、現実と記憶が交錯してゆく。その筋道の中で、主人公にとっての宝物である黄色い箱のキャラメルと宇佐美の田んぼの〝あぜ道〟が、作品のキーワードとして浮上し、「あぜ道」というタイトルに収斂してゆく。

　肉親ではなく、施設の先生と夫と姑に最後のエネルギーを向ける主人公……厚い雲の向こうに仄かな光が透けて見えるような肌合いを感じさせられる作品だった。

　佳作「赤富士の浜」は、戸田の船大工とロシア使節プチャーチン、そこにまつわる日本の造船技術については、これまでも多くの著作があるものの、大地震による大津波によってひとつの土地が、日本の歴史の激動に立ち会ってゆく過程が、誠実にていねいに描かれている点で、好感の持てる作品だった。

浜松まつりの夜の練《ね》りがなつかしい

嵐山光三郎

「まつりのあと」は私が生まれた浜松を舞台としたちょっと苦い青春小説です。主人公の「わたし」は一人娘、家守、墓守候補、時々介護で、父につきそって月一回の受診へ行く。父は看護師に冗談をいって笑いながらうっすらと死を感じている。父の車椅子を押して長椅子に座ると、ふわっとするめまいのような感覚におそわれ、会計窓口でアナウンスされた鈴木直美さんの名を聞いて、中学生時代の記憶のなかに入っていく。うまい導入部です。

中学三年生の浜松まつりの「黒くかなしい熱」に吸いこまれ、語り口がふくよかで女性らしい情感があふれている。浜松はピアノの町で、芸大のピアノ科をめざしてゲイコウ（芸大付属高校）をめざす生徒がいる。直美がそのひとりでした。

五月三日から五日の連休にかけての浜松まつり、中田島砂丘の凧揚げ、なつかしいなあ。大凧を揚げて糸の切りあいをする。そして夜の練り、私もやりましたよ。昼の凧揚げのときは、アミシャツ（黒い網目のシャツ）を着るから、上半身が網目模様に焼けた。品がないまだらの日焼け。叔父が駅近くの伝馬町で病院を開業していたので、ハッピは伝馬町の「て」の字だった。酒を飲んで「やいしょ、やいしょ」のかけ声をかけて夜の町を練り廻った。三十三歳ぐらいまで練ってました。なにぶん四十年前のことです。浜松弁の使い方もうまい。直美の一本気な情熱が伝わってくる。

「銀鱗の背に乗って」の漁師与吉は、なんだか私のようで身につまされる話です。私は沖釣りをして、この話に出てくる真鯛やメジナはザバザバと釣りましたが七十歳のときにやめました。リールをまきながら、海へ引きずりこまれそうになったからです。私の場合は遊漁船で、船長が案内してくれるけれども、ボケの前兆を感じた。○・一秒意識が飛んでしまっても、海へ落ちればそれっきり。「そんなに頑張らなくても」という心境は私と同じです。

「あぜ道」は四国への転居をきめた七十歳の京子さんがかわいい。お母ちゃんから渡された黄色いキャラメル箱の角がつぶれて、エンゼルマークがゆがんだシーンが印象に残りました。

「赤富士の浜」は戸田港の船大工虎吉が苦難をのりこえてわずか三ヶ月で洋船「戸田号」を完成させたところがアッパレ。

新しいすがすがしさ

太田　治子

最優秀作は、鈴木清美さんの「まつりのあと」に決まりました。大変にすがすがしい作品の受賞を、わがことのように嬉しく思います。これは絶対に、女性の作品に違いないと考えて読みました。当たり前のことのようですが、最近の小説でそれがすぐわかるのは、むしろ少なくなっています。鈴木さんの「まつりのあと」の筆づかいが、それだけてらいがなく素直だということでしょう。

でだしの病院の待合室のシーンが、少し長過ぎるように感じました。病院の外来患者の父親とそれに付添う親孝行な中年女性との日常が、この作品の主題かと思ったのです。しかし、病院の待合室のアナウンスから少女のころの友人と同じ名前が流れてきた途端、物語はいきいきと流れていきます。忘れられないなつかしい名前。胸の痛くなる回想。大好きなその女の子の姿を見失った浜松まつりの夜。小学校時代に、彼女のピアノの伴奏で合唱コンクールにでたのも、大切な思い出です。ピアノと少女、そこからもピアノの街浜松が浮かび上がってきます。これ程くっきりとその土地を感じさせる作品は、これまであまりなかったように思います。思春期の少女の同性へのせつない思いが描かれているのも、今までにはなかった気がします。ドロドロの要素がみじんもないこの爽やかな読後感は、明るい静岡のイメージにぴったりではないでしょうか。

優秀作の熊崎洋さんの「銀鱗の背に乗って」は、みごとな作品だと思いました。72歳の漁師がふいに感じるボケの気配。本来深刻な話になって当然なのに、淡々とあるがままに身を任せていこうとする主人公の姿勢は、このまま船に乗っているのは危険ではとはらはらする一方で、むしろ明るささえ感じるのでした。

佳作の醍醐亮さんの「赤富士の浜」からは、時に時代小説から感じるわかりづらさ、物足りなさとは無縁のものを感じました。幕末にやってきたロシアのプチャーチンの描き方も、すっきりとしていてわかりやすく、史料をまともに読むことの大切さを思いました。

佳作のもう一編の倉持れい子さんの「あぜ道」にも、考えさせられました。キャラメルの箱から浮かび上がる一本のあぜ道。あぜ道を去っていった生みの母よりも、あずけられた施設の先生の暖かさが忘れられないヒロインが、今は姑となかよくしていることがしみじみと嬉しく伝わってきました。

◇メッセージ部門

骨太で一途な作品を

村松　友視

今回の最終候補作品選考は、ある意味で難産だった。それは、作品が鎬《しのぎ》を削るという様相ゆえではなく、どの作品も同じ程度の弱点をはらんでいることによるなりゆきだった。

最優秀賞「〝赤電〟に乗って」は、明治四十二年に開通された〝赤電〟と呼ばれる遠州鉄道にまつわる記憶を綴った作品。心を通い合わせにくい父の単身赴任先である西鹿島を、初めて〝赤電〟に乗ってたずねた少女時代の記憶をなぞりながら、現在の西鹿島駅へ向かう作者の心の中で、〝赤電〟と父の思い出がにじみ合う。きわめて日常的な風景に紛れがちな〝赤電〟の特徴が、浜松市民でない作者のこだわりによってクローズアップされ、私も〝赤電〟に興味をそそられ、一度乗りに行ってみたいと思った。

優秀賞「四十一年目の富士山」は、沖縄からのアングルでとらえる富士山の意味を、大切な体験とともに綴る作品。複雑で重いテーマが処理されぬまままちりばめられているのが惜しかった。

「Mさんの鮎」と「朝の野菜直売所」は、共通するセンスによって描かれる。鮎を焼く〝Mさん〟と野菜を売る〝□本さん〟の個性がほほえましいが、その人たちをつつむ環境のとらえ方がいまひとつ漠然としている印象だった。

「雨の中の如来」は、この如来の雨に打たれる〝悲しい顔〟を見に行ってみたいという気を起こさせるが、なぜ〝悲しい顔〟の如来が彫られたかが強く伝わってこなかった。

「緑のプリン」は、伊東市にある大室山を〝緑のプリン〟と命名する作者の軽妙な筆から、大室山の山頂にいたるまでの味わいや、最後に頂上で味わうワサビソフトクリームの味が伝わってくる作品。

特別奨励賞「あやめ祭の発見」は、弟が熱気をもって参加する〝あやめ祭〟のソーラン節を、姉の立場からみつめる作品。あやめ祭のけしきの描写はなかなかよいが、〝努力〟と〝汗〟と〝集団の団結〟で祭の価値をくくってしまうのは物足りなかった。伊豆でなぜソーラン節か……という単純な疑問を追うアングルなどもあってよかったのではなかろうか。

全体に、文章のレベルが上がった一方で、個人的な視座からの力強い執着が少し物足りず、前回の受賞作から傾向と対策をねったあげくのプランという感じの作品も目立った。

次回は、骨太で一途な思いを綴る作品を期待したい。

「書く」とはどういうことかをあらためて考えさせられました

清水眞砂子

正直に申し上げる。今年度の審査ほど心が躍らないことは過去になかった。文学賞とは何か、「書く」とはどういうことか。そんな疑問が頭を離れなかった。自分が書けるから言うのではない。書けないから、他人が書くものに思いがけない発見や、共感を期待してしまうのである。文章の粗さも気になった。

そんな中で、「〝赤電〟に乗って」はひそかに決意をかためて、遠鉄西鹿島行に乗り、その終点まで単身赴任の父親に会いにいったものの何も言い出せず、不器用な父とふたり黙りこくったまま発車する電車を何本も見送った十代の日と、五十年ほど後、亡き父親を想って同じ小さな旅を試みた日のことを衒いのない文章で語っていて、好感が持てた。

私の中でこの最優秀作に最も迫ったのは、「四十一年目の富士山」である。沖縄の人にとっての富士山への思い、七〇年代初めの東京の空気。少々盛り込みすぎの感はあるが文章も危な気なく、出会えてよかった作品だった。

「雨の中の如来」は手慣れた人の筆になる作品。ただ説明が少々勝ちすぎる所があり、像そのものに語らせてほしかったと読みながら残念に思った。

「Mさんの鮎」は鮎のおいしさが伝わってくるものの、少々乱暴な書きっぷりにいささか辟易したことも事実。いや、これをこそ勢いというべきか。

「緑のプリン」は楽しい観光案内である。旗を持ったおじさんに案内されて、まだ行ったことのない大室山とその周辺を歩く気分。その「おじさん度」に時々くすりと笑ってしまう。

「朝の野菜直売所」は活気に満ちた、タイトルどおりの朝の直売所を描いた作品である。文章に勢いがあるのは是とすべきだろうが、いま少しの緻密さがあったらと残念にも思う。文章が成立していないところ、書き言葉としては意味が通じないところがある。

特別奨励賞の「あやめ祭の発見」は真面目に書かれた文章である。ただ自分のものになっていない言葉があちこちにあること、格助詞の使い方が不正確であることが気になる。これからたくさんのいい文章にふれていってほしい。

もっと腕白でいい

中村　直美

メッセージ部門が設けられて五回目。まとまりがあって上手な作品が増えると審査は楽ですが、楽しみがありません。審査会場の空気も沈んでしまいます。もっと尖ったり、クールだったり、頑固だったり、腕白なメッセージの登場が、もうすぐ二十回の節目を迎える「伊豆文学賞」の将来にパワーを注ぐと思います。

最優秀賞の「〝赤電〟に乗って」は、浜松市民の足として今も走る赤電（遠州鉄道）が、ゆるやかなスピードで十代の筆者と五十年後の筆者を往来する心憎い作品でした。離れて暮らす単身赴任の父、甘えることが下手な娘……。互いに多くを語らず何本も電車を見送る情景は静かで、読む人の記憶や人生の一場面をも誘い出す懐の深さがありました。

優秀賞「四十一年目の富士山」は、メッセージ部門でもたびたび賛美や自慢の対象となってきた富士山が、義妹、義母が今も暮らし、義父が暮らした沖縄という複雑なファインダーを通して異彩を放った作品でした。

「Mさんの鮎」は、ご主人を駆り立て、今日もお目当ての鮎へと向かう心の弾みが、そのまま躍動感ある文章のテンポになった気持ちのいい作品でした。「道の駅　天城越え」の一角でMさんが丁寧に焼く鮎に、素直に心魅かれました。

「朝の野菜直売所」は、たかがトマト、されどトマト、「わかるわかる」とうなずきながら、ここに限らず、全国各地の直売所で皆が手にしているのは人とのふれあいなんだぁと納得する作品でした。

審査を終え、筆者の名前が知らされ、思わず「やっぱり貴方でしたか」と嬉しくなりました。「雨の中の如来」の宮司さんは、「遠い裾野」「湖西焼き物考」「遠州大念仏の夜」と過去三回の優秀賞も受賞されています。今回も、読む人の心の深い部分をざわざわ乱し、試すような作品がお見事でした。「緑のプリン」は、五月の大室山で味わえるスケールのある爽快感が漂う作品でした。近ごろ話題のジオパークも、こういう描かれ方をすれば興味の裾野が広がりそうです。

特別奨励賞は、若い世代へのエールを込めた賞です。「あやめ祭の発見」は、ソーラン節に参加することになった弟が気になって仕方ない著者の姿が微笑ましい作品でした。欲張りすぎず、あなたのそんな気持ちにもっと寄り添えば良かったと思います。

「伊豆文学フェスティバル」について

文学の地として名高い伊豆・東部地域をはじめとして、多彩な地域文化を有する静岡県の特性を生かして、心豊かで文化の香り高いふじのくにづくりを推進するため、「伊豆文学賞」（平成９年度創設）や「伊豆文学塾」を開催し、「伊豆の踊子」や「しろばんば」に続く新しい文学作品や人材の発掘を目指すとともに、県民が文学に親しむ機会を提供しています。

第18回伊豆文学賞

■応募規定

応募作品　伊豆をはじめとする静岡県を題材（自然、地名、行事、人物、歴史など）にした小説、随筆、紀行文と、静岡県の魅力を伝えるメッセージ。ただし日本語で書いた自作未発表のものに限ります。

応募資格　不　問

応募枚数　小　説　400字詰原稿用紙30～80枚程度
随筆・紀行文　400字詰原稿用紙20～40枚程度
メッセージ　400字詰原稿用紙３～５枚以内

■賞

〈小説・随筆・紀行文部門〉

最優秀賞　１編　表彰状、賞金100万円
優 秀 賞　１編　表彰状、賞金20万円
佳　　作　２編　表彰状、賞金５万円

〈メッセージ部門〉

最優秀賞　１編　表彰状、賞金５万円
優 秀 賞　５編　表彰状、賞金１万円

■審査員

〈小説・随筆・紀行文部門〉

三木 卓　村松友視　嵐山光三郎　太田治子

〈メッセージ部門〉

村松友視　清水眞砂子　中村直美

■主　催

静岡県、静岡県教育委員会、伊豆文学フェスティバル実行委員会

第18回伊豆文学賞の実施状況

■募集期間　平成26年5月1日から10月1日まで
（メッセージは9月19日まで）

■応募総数　439編

■部門別数　小　　　説　178編
随　　　筆　31編
紀　行　文　16編
メッセージ　214編

■審査結果

〈小説・随筆・紀行文部門〉

賞	（種別）作品名	氏名	居住地
最優秀賞	（小説）まつりのあと	鈴木　清美	静岡県
優 秀 賞	（小説）銀鱗の背に乗って	熊崎　洋	静岡県
佳　　作	（小説）あぜ道	倉持れい子	長野県
佳　　作	（小説）赤富士の浜	醍醐　亮	東京都

〈メッセージ部門〉

賞	作品名	氏名	居住地
最優秀賞	〝赤電〟に乗って	藤森ますみ	静岡県
優 秀 賞	四十一年目の富士山	渡会　三郎	千葉県
優 秀 賞	Mさんの鮎	中川　洋子	静岡県
優 秀 賞	朝の野菜直売所	栗田すみ子	静岡県
優 秀 賞	雨の中の如来	宮司　孝男	静岡県
優 秀 賞	緑のプリン	安藤　知明	大阪府

〈メッセージ部門特別賞〉

賞	学校名	内容	居住地	備考
特別奨励賞	あやめ祭の発見	荒川　百花	静岡県	賞状
学校奨励賞	伊東市立南中学校	応募多数	静岡県	賞状

第十八回「伊豆文学賞」優秀作品集

平成二十七年三月四日初版発行
定価　本体一二〇四円＋税

編　集　伊豆文学フェスティバル実行委員会
〒420-8601
静岡市葵区追手町9-6
静岡県文化・観光部
文化学術局文化政策課内
TEL　054・221・3109

発行人　松原正明

発　行　羽衣出版
〒422-8034
静岡市駿河区高松3233
TEL　054・238・2061
FAX　054・237・9380

ISBN978-4-907118-16-7 C0093 ¥1204E